AF368750

PAPIER
FRESSERCHEN
MTM-VERLAG
DIE BÜCHER MIT DEM DRACHEN

Impressum:

Besuchen Sie uns im Internet:
www.papierfresserchen.de

© 2017 – Papierfresserchens MTM-Verlag GbR
Mühlstraße 10, 88085 Langenargen
Telefon: 08382/9090344
info@papierfresserchen.de
Alle Rechte vorbehalten. Erstauflage 2017

Lektorat: Melanie Wittmann
Herstellung und Lektorat: Redaktions- und Literaturbüro MTM
www.literaturredaktion.de
Cover: Katharina Bouillon
Bild S. 178/179: Bernd S. - lizenziert Adobe Stock
Gedruckt in der EU

ISBN: 978-3-86196-704-0

Martina Meier (Hrsg.)

Wünsch dich ins Märchen-Wunderland

Märchen für Herz und Seele

Band 2

Das Märchenbuch

Ich fand es gestern Abend schon,
traut' mich nicht, es aufzuschlagen,
aus Angst, nun nur noch voller Hohn
den Sinn zu hinterfragen.

Meine Kindheit es bestimmt',
Träume mir beschert.
Und in mir es noch immer glimmt,
könnt' singen unbeschwert,

wenn ich denke an die Tage,
an denen ich dort lachte,
dort, wohin ich mich nicht mehr wage,
seit Zeit zu alt mich machte.

Die Welten, die kein and'rer sieht,
niemand wird je sehen.
Die Seiten, sie summen das alte Lied,
das niemand wird verstehen.

Diese Welten, erfüllt mit Zauberklang,
mit magischen Geschöpfen,
Geister, Feen, mit denen ich sang,
und Drachen mit dreihundert Köpfen.

Es erzählt von kristallenen Seen,
von Wasser, funkelnd wie Glas,
durfte glitzernde Schönheiten sehen,
auf lebendigen Steinen ich saß.

Es erzählt von hohen Bäumen,
bis weit in den Himmel hinein,
und Pilzen, die Wege säumen,
in welche Zwerge passen hinein.

Es erzählt von lächelnden Blüten,
von Wiesen, weit wie das Meer.
Die Schmetterlinge behüten,
die dort flattern, ein buntes Heer.

Es erzählt von Königinnen,
die thronen in Blütenkelchen.
Die Bauernburschen von Sinnen,
wen wird sie wählen, welchen?

Es erzählt meine Kindheit, nur meine,
die Bilder vergangener Zeiten,
und einem anderen Kind die seine,
die Wünsche, die es leiten.

Denn irgendwo tief in mir drin
bin ich geblieben, wer ich einst war,
und selbst wenn die Jahre schwinden dahin,
die Träume von damals sind da.

Die Bilder von Wiesen, von Elfen und Feen,
von Königinnen und Blüten,
von Bäumen und Zwergen, von Pilzen und Seen
werd ich mit dem Leben behüten.

Sie formten und sie machten mich
zu dem Menschen, der ich heute bin.
Sie begleiteten und veränderten sich,
gaben Erwachsenwerden den Sinn.

Denn wer verlernt hat die Fantasie
der frühen Kindertage,
wie kann er glücklich werden, wie?
Suchend nach Antwort auf jede Frage?

Es gibt Wunder auf der Welt,
einst haben wir's alle gesehen.
Wer die Lieder der Kindheit infrage stellt,
langsam muss vergehen.

Denn die Bilder von Wiesen, von Elfen und Feen,
von Königinnen und Blüten
leben nur so lange und werden geseh'n,
bis man aufhört, sie zu behüten.

Und deshalb wag ich den Blick hinein
in das Traumbuch meiner Kindheit
und all die Geschöpfe fallen mir ein
und die Wiesen wie das Meer so weit.

Und ich werd nicht müde, sie zu bestaunen,
zu stehen an fantastischen Orten,
mit ihnen um die Wette zu raunen,
zu versinken in geschriebenen Worten.

Drum hütet eure Träume gut,
die die Märchen euch gegeben.
Seid vor Neidern und Spöttern auf der Hut,
doch lernt, ihnen zu vergeben.

Denn auch in ihnen leuchtet das Licht
der Kindheit, der Fantasie,
zeigt sie ihnen, verwehrt sie nicht,
lehrt zu träumen sie.

Denn aus Träumen und Märchen besteht die Welt,
dank ihnen sind wir am Leben.
Sie sind das, was uns die Nächte erhellt,
und wir sind ihnen ergeben.

Carina Isabel Menzel, *Jahrgang 1999. Ihre Hobbys: Schreiben, Lesen, Jazz- und Stepptanz, Filme, Theater, Flötenunterricht geben. Sie hat bereits einige Geschichten in Wettbewerben und Anthologien sowie ihren ersten Roman bei Papierfresserchens MTM- und im Herzsprung-Verlag veröffentlicht. Infos: www.carina-isabel-menzel.npage.de.*

Das Tier der Weisheit

Einst saß er dort oben auf seinem Zweig,
ein mancher mag zweifeln, doch war er gescheit,
die Sorgen der Welt wirkten fern von dort oben
und so ruhte er sanft und sagenumwoben.

Kein Tier dieser Welt mag vernehmen im Traum,
was er schon gesehen hat von seinem Baum.
Ein jedes mag krabbeln und fliegen und schwimmen,
doch keins wagte jemals, den Zweig zu erklimmen.

So saß er und wartete auf seine Zeit,
und als sie dann kam, dann war er bereit
bald sprach's sich herum in der weiten Welt:
Wer Sorgen hat, wird zum Uhu bestellt.

Gar so viele Bilder und so viel gesehen,
keiner je fragte, was mit ihm geschehen,
doch schien er schon immer und ewig zu sitzen
und die glitzernden Sonnenstrahlen gar zu besitzen.

Er sah hinunter auf die spiegelnden Seen
und Bäche und Täler wie sonst nie gesehen.
Ja, Berge und Gräser, wie sie flüstern so sachte,
die Sonne am Himmel, sie tanzte und lachte.

Da kamen die Tiere von fern und von nah
und für alle war die Weisheit da,
die Federohren gespitzt, ganz ruhig und weit,
ein jedes Tier bekam seine Zeit.

Sein Gefieder war leuchtend violett,
die Federn so weich und die Augen so nett,
ein strahlendes Gelb wie am Tage die Sonne,
ein funkelndes Blitzen voll Würde, voll Wonne.

Die and'ren, sie kamen und bewunderten ihn,
so alt und so weise der Uhu gar schien,
doch auf Fragen wie diese er lächelte mild
und erklärte, viel schöner noch sei sein Bild.

Die glitzernden Bäche unter dem Baum,
das ewige Grün im unendlichen Raum,
der Himmel so wolkenlos und so frei –
ja, jeder, der lebte, der kam hier vorbei.

Und der Uhu, er lauschte und gab seinen Rat,
wann wer auch immer ihn darum bat,
und die Tiere, sie waren für ihn sein Zuhaus',
ja, die Sorgen, sie nahmen sogleich gern Reißaus.

Doch dies ist nun Jahre, Jahrzehnte gar her,
erinnern kann sich kein Einziger mehr,
doch gute Erinnerung schreibt so viel nieder
und eines Tages kommt der Uhu sicherlich wieder.

Carola Marion Menzel *wurde 1999 in Heidelberg geboren. Ihre Hobbys: Schreiben, Tanzen, Zeichnen, Kino, Theater, Flötenunterricht geben. Sie kann schon auf zahlreiche Kurzgeschichten ihm Rahmen von Schreibwettbewerben und Anthologien sowie ihren ersten Roman bei Papierfresserchens MTM- und dem Herzsprung-Verlag blicken. Info: carola-marion-menzel.npage.de.*

Stärker als der Tod

Es war ein Tag, wie Poseidon ihn mochte. Er schickte Blitz und Donner, bevor seine Tochter Iphigenie das Licht der Welt erblickte. Irgendwas hatte er trotzdem falsch gemacht, denn es sollte eigentlich ein Sohn werden. Die Kleine hatte ein winziges Gesicht mit großen Segelohren und murmelgrünen Kulleraugen. Schon als Kind war sie auffallend musikalisch. Sie spielte ständig auf ihrer Weidenflöte und beschwor dadurch eine ganz besondere Atmosphäre herauf. So fiel den Menschen um sie herum wieder ein, was sie vergessen, verloren oder geliebt hatten.

Das Flötenspiel beherrscht sie noch heute, es inspiriert zu neuen Ideen und macht mit jedem Ton selbst den Zweiflern Mut. Deshalb ist Iphigenie überall gern gesehen und eingeladen. Das gefällt Poseidon und er spricht voller Stolz über seine Tochter. Inzwischen ist aus der Kleinen, die im höchsten Maße kurzsichtig zu sein scheint, eine junge Frau geworden. Zum Ausgleich nehmen ihre Ohren das minimalste Geräusch wahr und in Momenten, in denen sie an gar nichts denkt, der Kopf einfach nur ganz leer wird, hört sie sogar zu ihrem Schrecken die Gedanken der Menschen um sie her. Eine schreckliche Begabung.

Es ist wieder mal Sommer geworden. Seit Längerem schon hält Iphigenies Tante jeden Morgen am Strand Ausschau nach Muscheln und feinen weißen Marmorstücken. Sie werden alle zur Verschönerung der edlen, ausgebauten Felsenhöhle Poseidons gebraucht. Hier demonstriert die geliebte Tante der jungen Nichte ihre Fähigkeiten, indem sie alles wohnlich und passend dekoriert.

Iphigenie hat die Flöte unter dem Umhang am Gürtel hängen und kann es kaum erwarten, ins Wasser zu schauen. Ihre kurzsichtigen Augen weiten sich und leuchten dabei eigentümlich. Da, sie kann es deutlich erkennen! In der Tiefe verborgen liegt eine magische Unterwelt. Sie ist ein verborgenes Paradies. Iphigenie kann sich dem Zauber dieser geheimnisvollen Welt nicht mehr entziehen. Dreimal muss sie von ihrer Tante angesprochen werden, damit sie in die Wirklichkeit am Strand zurückkehrt.

Iphigenie ist verzaubert vom Anblick dieser geheimnisvollen Welt und berichtet, so schnell sie kann, ihrem Vater davon. Er zupft brummelnd an seinem langen weißen Bart und glaubt ihr nicht. Er beauftragt die Tante, sich um seine Tochter und ihre Spinnereien zu kümmern. Es gelingt Iphigenie, ihre Tante mit ihrem Flötenspiel so zu begeistern, dass diese mit ihr anschließend gemeinsam zum Strand hinuntertanzt. Dort zieht sich Iphigenie die dünnen Sandalen von ihren Füßen und genießt den warmen Sand, der zwischen den Zehen und an den Fußsohlen kleben bleibt. Ihre Tante kann trotz größter Anstrengung die magische Unterwelt nicht entdecken und auch die vielen herbeigerufenen Nachbarn und Freunde erkennen nichts im Wasser. Einer jedoch, Amand, der größte Nebenbuhler Poseidons, der glaubt ihr sofort jedes Wort. Er sucht selbst schon lange nach diesem Paradies und hofft, Reichtümer dort zu finden.

In der Nacht entführt er Iphigenie überraschend und hält sie, an einen Baum gefesselt, auf einer Nachbarinsel gefangen. Sie soll ihm um jeden Preis den Weg zum versunkenen Paradies zeigen.

Sein schwarzer Bart flattert im Wind, als er mit ihr wenig später in einer sternklaren Nacht zum Strand von Poseidons Land mit einem selbst gebauten Floß hinüberfährt. „Es ist hell genug heute. Mond und Sterne reichen aus, um mir die Stelle am Strand zu zeigen, von der aus ich endlich das Paradies sehen kann. So wie du es gesehen hast, Iphigenie. Los, wenn dir dein Leben lieb ist, zeig es mir, und zwar sofort."

Iphigenie hört die grausamen Worte. Er will sie also töten. Und sie erfährt, warum er dies auf jeden Fall machen wird. Amand hofft, ihr Tod breche dem starken Poseidon das Herz und er könne an dessen Stelle endlich die Herrschaft übernehmen.

Die Wachen am Strand haben die beiden noch nicht bemerkt. Die Suche nach Iphigenie soll laut dem Befehl Poseidons so lange fortgesetzt werden, bis man sie gefunden hat. Seit ihrem Verschwinden kontrollieren die Wachen den Strand rund um die Uhr. Sie haben sich um einen brennenden Holzstoß versammelt.

Das Licht der Fackeln flackert im kalten Wind, als Poseidon zu seinen Männern tritt. Er scheint um Jahre gealtert. Er vermisst seine Tochter so sehr und wünscht sich nichts sehnlicher, als das vertraute Flötenspiel zu hören und zu wissen, es gibt etwas in der Welt, das etwas ganz Besonderes ist. So wohltuend und befreiend, dass die Worte hierfür fehlen und es sich nur in Musik ausdrücken lässt.

Da hört er plötzlich Iphigenie lauthals um Hilfe schreien. „Vater, Vater, rette mich, ich bin hier!"

Die Wachen greifen nach ihren Schlagringen und Stöcken und laufen gemeinsam mit Poseidon auf Iphigenie und den gnadenlosen Amand zu. Der Himmel ist erhellt von Blitzen, die Poseidon zornig wie brennende Sicheln über ihn hinwegsausen lässt.

Während die bewaffneten Männer schreiend auf die beiden losstürmen, zieht Amand die zitternde Iphigenie fest an sich und drückt ihr die Kehle zu. „Poseidon, hör auf mich, willst du deine Tochter zurückhaben, dann schick deine Wachen fort! Geh mit ihnen heim und Iphigenie wird kein Haar gekrümmt. Ich will nur das versteckte Paradies sehen. Alles andere ist mir egal. Danach brauche ich sie nicht mehr. Einverstanden?"

Poseidon brüllt wütend: „Und wenn ich nicht einverstanden bin?"

Amand spuckt in den Sand. „Dann hast du deine Tochter heute das letzte Mal gesehen. Entweder erwürge ich sie oder ich stoße sie direkt ins Meer."

Poseidon hebt seinen Dreizack und der Hall eines furchtbaren Donnerschlags lässt alle wie betäubt zu Boden stürzen. Nur Poseidon steht aufrecht da, mit zerzausten Locken und grimmigem, rot glühendem Gesicht. „Wehe dir, Amand, mich forderst du nicht noch einmal heraus!" Plötzlich liegt ein dünner Nebelschleier wie ein feiner Pulverhauch über dem Strand. Darin sind Amand und Iphigenie spurlos verschwunden. „Nein! Iphigenie, meine Tochter! Wo bist du?"

Als der Nebel sich lichtet, erheben sich die Wachen und reiben sich ihre schmerzenden Köpfe. Sie rufen: „Was ist bloß passiert?", und laufen aufgebracht am Strand hin und her.

Poseidon befiehlt mit eisiger Stimme, dass der Strand abgesucht und jeder Schlafende sofort geweckt werden müsse, um bei der Suche nach seiner Tochter zu helfen.

Mit Hunderten von Fackeln und spitzen Stöcken wird wenig später jeder Winkel und jeder Meter des langen, breiten Strandes durchkämmt. Erfolglos. Die Wolken schieben sich vor den Mond, als Poseidon mit gebrochener Stimme das Ende der Aktion ausruft.

Mit aschfahlem Gesicht sitzt er am nächsten Morgen vor seinem Frühstück. Er kann nichts essen, so speiübel ist ihm nach dieser furchtbaren Nacht. Er hat erfahren, dass der Leichnam Amands, bedeckt von grünen Algen, ans Ufer gespült worden ist.

Die Tante schluchzt unaufhörlich und versucht erst gar nicht, ihre Trauer zu verstecken. Poseidon bittet sie mit ungewöhnlich sanfter Stimme, ihn allein zu lassen. Sie verlässt daraufhin die geräumige, mit feinen Marmorstücken verzierte Höhle, in der selbst die großen, mit Perlen gefüllten Muscheln an Iphigenie erinnern. Die Tante steht am glucksenden Wasser und wischt sich über die Augen. „Wo bist du nur, Iphigenie? Ich wollte noch so viel mit dir zusammen erleben. Ich vermisse dich, mein Schatz. Jede Stunde an jedem Tag und immerzu denke ich an dich." Sie seufzt und glaubt plötzlich, Flötenspiel zu hören. Da bricht sie erneut in Tränen aus.

Doch das Flötenspiel hält an und zu ihrer Verwunderung winkt ihr eine Hand aus dem Wasser zu. Iphigenie hebt für einen kurzen Augenblick ihren Kopf aus dem Wasser und ruft: „Tante, du musst nicht mehr traurig sein. Es geht mir gut. Ich kann den ganzen Tag auf der Flöte spielen. Es ist wunderschön hier. Bitte, sag es auch Vater. Ich bin glücklich und weiß, dass wir uns wiedersehen. Liebe Tante, vergiss mich nicht und lebe wohl! Hörst du? Lebe wohl."

Als Poseidon davon erfährt, steht er augenblicklich auf und wäscht sich erst mal gründlich. Er zieht sein bestes Gewand aus reinem Leinen an und geht mit der Tante zum Strand. Arm in Arm stehen sie vor den sich kräuselnden Wellen. Der Himmel ist blau und wolkenlos. Da geschieht es. Leises Flötenspiel dringt an Poseidons Ohr. Es wird lauter und ein stiller Frieden kehrt mit jedem Ton in seinem Herzen ein. Er schaut, der Melodie lauschend, versunken über das glitzernde Wasser hinweg bis zum hellen Horizont und flüstert leise: „Es gibt wirklich etwas, das ist stärker ist als der Tod."

Regina Berger, geboren in Hagen/Westfalen, lebt, schreibt und arbeitet in Wuppertal.

Annabelle und Richard

In einem Park saßen jeden Tag zwei ältere Eheleute auf einer Bank unter einem Rosenbogen. Ihr Leben war geprägt von vielen Entbehrungen, die in Kauf genommen werden mussten. Um dem öden Alltag zu entfliehen, träumten sie sich in eine Fantasiewelt, deren Hauptfarbe Lila war. Nicht nur jede Wolke hatte diese Farbe, nein, fast die gesamte Umgebung. In ihrer Fantasie saßen die beiden unter einem lila Rosenbogen, der sich über eine lila Wiese wölbte, als wäre er ein Tor. In unmittelbarer Nähe ergoss sich eine Fontäne, deren Wasser nach Heidelbeeren schmeckte. Annabelle und Richard hatten sich schon daran gelabt, um ihren Durst zu stillen. Sie genossen die Ruhe, den Frieden und den Gesang der Vögel.

Plötzlich vernahm Annabelle ein Kichern. „Hast du das gehört?"

„Was denn, Annabelle?"

„Das Kichern."

„Ich habe nichts gehört, tut mir leid."

„Hast du dein Hörgerät an?", fragte Annabelle ihn verärgert.

„Aber, Annabelle, hier brauchen wir das doch nicht."

„Seltsam, dann habe ich mich getäuscht."

„Das kann passieren", meinte Richard und legte seinen Arm um seine Frau.

Sogleich vernahm Annabelle erneut das Kichern, diesmal etwas lauter als zuvor. „Richard, hast du es jetzt gehört?"

„Nein, tut mir leid."

Doch Annabelle ließ das nicht gelten und machte sich auf die Suche nach dem Ursprung des Geräuschs. Dabei geschah etwas Unerwartetes. Sie fühlte sich fit, als sei sie wieder jung, und lief leicht wie eine Feder über die Wiese. Sie wähnte sich in einem Traum, aber dann sah sie, wie Richard sich die Augen rieb. Als könne er nicht glauben, was er sah. Es war wie ein Wunder.

„Annabelle, du bist wunderschön", sagte Richard verzückt und schaute sie mit wässrigen Augen an.

„Danke für dein Kompliment. Aber ich bin doch schon so alt."

„Nein, mein Schatz. Irgendetwas scheint die Zeit zurückgedreht zu haben."

Einen Spiegel gab es leider nicht in der lila Welt. Und so glaubte Annabelle nach wie vor nicht daran, dass sie von einem Moment auf den anderen jung und hübsch geworden war.

„Ich weiß nicht, wie ich es dir beweisen kann", meinte Richard.

Mit einem Mal beobachtete sie, dass ihr Mann ohne Brille und Hörgerät herumzulaufen begann. Außerdem waren Annabelles Gelenkschmerzen verschwunden, sie legte ihren Gehstock beiseite. Es war ein wunderbarer Traum, den sie mit ihrem geliebten Mann erleben durfte. Sie genoss eine Freiheit, die sie viele Jahre vermisst hatte.

„Annabelle", begann Richard.

„Ja?"

„Wie fühlst du dich?"

„So gut wie noch nie."

„Das freut mich. Mir geht es ebenso."

Die beiden waren sich also einig. Nun, es war nicht die reale Welt, das war Annabelle klar. Dennoch war es eine, die ihr und Richard gefiel. Die beiden hatten zwei Kinder großgezogen. Leider gingen diese schon seit Jahren ihre eigenen Wege. Das stimmte sie sehr traurig, dennoch versuchten sie, es zu akzeptieren. In der lila Welt vergaßen Annabelle und Richard ihren Kummer, ihre Sorgen, Schmerzen und Probleme.

„Schau mal, Richard, da drüben. Ein Reh springt über die Wiese. Und dort fliegt ein großer Schmetterling, alles ist so wunderbar lila. Ich liebe diese Farbe." Annabelle wurde euphorisch.

„Na ja", meinte Richard etwas mürrisch. „Bei Blumen habe ich nichts dagegen. Aber alles und überall ... ich weiß nicht."

„Ich finde Lila sehr schön." Annabelle beharrte auf ihrem Standpunkt.

Sie diskutierten angeregt, bis sich jene mysteriöse Stimme erneut durch Gekicher bemerkbar machte. Annabell schrak zusammen, auch Richard schien nicht wohl zu sein.

„Wieso habt ihr Angst? Ich tu euch nichts", wisperte es.

„Wer sind Sie?", fragte Annabelle mutig.

„Einen Moment. Ich komme gleich", erwiderte die Stimme.

Sie warteten ein paar Minuten. Es schien eine Ewigkeit zu dauern, doch dann staunten Annabelle und Richard beim Anblick eines Wesens mit schrumpeliger Haut und wenig Haaren auf dem Kopf, dem die geheimnisvolle Stimme gehörte.

„Woher kommst du?", wollte Richard wissen.

„Aus der Welt eurer Träume."

„Aber wir träumen doch nicht", meinte Annabelle verwirrt.

„Doch. Denn eine Welt, in der alles nur eine einzige Farbe besitzt, gibt es nun mal ausschließlich in Träumen."

„Und was jetzt?", fragte Annabelle enttäuscht.

„Träume sind wie Seifenblasen, die zerplatzen. Aber lassen wir das. Genießt es, hier zu sein. Genießt es, so lange ihr könnt", riet ihnen das Wesen und verschwand.

„Wir versuchen es", rief Annabelle ihm nach.

„So ist es recht", ermutigte sie das nun wieder unsichtbare Geschöpf.

„Hast du das gesehen, Richard? Es ist verschwunden."

„Ja, Annabelle, und das Wesen hat recht. Wir sollten unsere Träume genießen."

Verdutzt sah Annabelle ihren Mann an, als ihnen plötzlich ein lila Spiegel entgegenrollte.

Sie staunten nicht schlecht, als dieser sie ansprach. „Guten Tag. Ich bin der Spiegel der Wahrheit. In mir sieht jeder seine eigene Seele. Unverfälscht und pur."

„Einen ähnlichen haben wir zu Hause", sagte Annabelle verwundert.

„Sicher. Doch ich bin etwas Besonderes. Ihr werdet es merken."

„Und was?", fragte Annabelle.

„Dass ich euch die Wahrheit durch euer Spiegelbild zeige."

Völlig unerwartet verschwand der Spiegel von der Bildfläche, nicht jedoch ohne einen bleibenden Eindruck hinterlassen zu haben. Dafür tauchte etwas Neues auf. Annabelle und Richard konnten nicht glauben, was da auf sie zukam. Eine Mischung aus einem Vogel und einer Katze in Annabelles Lieblingsfarbe.

„Guten Tag, die Dame, der Herr. Ich heiße Sie im Land der Farbe Lila aufs Herzlichste willkommen."

„Der ist aber freundlich, Richard. Das sind wir nicht gewohnt."

„Stimmt, Annabelle", pflichtete der Angesprochene traurig bei.

Neugierig fragte das Tier: „Aber Sie sind doch sehr nette und liebe Menschen, die es nicht verdient haben, schlecht behandelt zu werden."

„Erklären Sie das mal denen, die uns nahestehen, vor allem unseren Kindern", meinte Richard.

„Das würde ich gerne tun. Das Problem ist allerdings, dass dies Ihr Traum ist, deshalb kann ich Ihnen dabei leider nicht behilflich sein. Das müssen Sie beide schon selbst erledigen."

„Trotzdem danke für den Rat", meinte Annabelle. „Wir müssen mutiger werden und dürfen nicht alles hinunterschlucken. Denn sonst staut es sich an."

„Nehmen Sie sich das zu Herzen. Es wird Ihnen, wenn Sie aus diesem Traum erwachen, besser gehen als je zuvor. Sicherlich, die Zipperlein des Alters werden bleiben. Dennoch werden Sie wesentlich glücklicher und zufriedener sein", prophezeite das Tier dem Ehepaar und verschwand.

Da sagte Annabelle: „Richard, das Tier hat uns ein Geschenk dagelassen. Eine Kugel aus purem Gold. Meinst du, wir dürfen sie behalten?"

„Gewiss dürft ihr das", sagte plötzlich jemand. „Bedenkt aber, es ist ein Traum. Haltet die Kugel fest, dann bleibt sie euch erhalten, wenn ihr erwacht, und ihr werdet glücklicher durchs Leben gehen als zuvor."

„Sollen wir das glauben?"

„Gewiss, Annabelle. Hier sagen alle die Wahrheit, hast du das noch nicht gemerkt?"

„Doch. Es ist ungewöhnlich und etwas unheimlich. Dennoch finde ich es sehr schön, hier zu sein. Hier sind wir jung, können all das tun, was sonst nicht möglich ist."

„Du hast recht, Annabelle. Aber irgendwie vermisse ich unser Zuhause. Mal ganz abgesehen vom Park und der Umgebung."

„Ja, ich auch. Trotzdem möchte ich diese Unbeschwertheit noch etwas genießen."

„Es sei dir gestattet, Annabelle. Aber nicht jeden Tag.“

„Oh, Richard. Du weißt, wenn wir träumen, dass wir dies stets gemeinsam tun.“

So ging die Diskussion weiter. Bis, ja, bis jemand ganz sanft an ihren Schultern rüttelte. Es war ein Enkel. Verblüfft schloss Annabelle das Kind in ihre Arme und wollte es am liebsten gar nicht mehr loslassen.

Kurze Zeit später kam die Mutter des Kindes wütend herbeigelaufen und wollte schimpfen. Doch Annabelle hielt sie davon ab.

„Aber, Oma“, sagte das Enkelkind, „was hast du mit Mama angestellt? Die ist so ruhig!“

„Oh, Kleines, das verrate ich dir später.“

Überrascht sah das Kind seine Großmutter an. Annabelle strich ihm übers Haar. Liebe lag in der Luft. Jeder spürte dies.

Langsam und glücklich liefen die vier nach Hause.

Annabelle und Richard hatten aus ihrem Traum gelernt, dass sie nicht alleine waren und niemals sein würden. Vor allem hatte Annabelle die Erkenntnis gewonnen, an sich zu glauben, den Mut niemals zu verlieren und das Leben so zu nehmen, wie es war. Ohne zu jammern oder zu meckern.

Seither träumen sich Richard und Annabelle immer seltener in ihr lila Land. Und wenn das Ehepaar heute noch lebt, dann hoffentlich glücklich und zufrieden.

Alexandra Dietz *ist 1977 geboren und lebt seit kurzer Zeit in Pforzheim. Ihre ersten Gehversuche als Autorin machte sie mit Tierfabeln und Kindergeschichten. Seit 2014 ist sie Mitglied des Autorenvereins Goldstadt Autoren e.V.. Seit 2013 veröffentlicht sie in mehreren Anthologien des Papierfresserchen MTM-Verlags ihre Geschichten.*

Der Mond braucht Hilfe

Es war einmal ein Mädchen, das in jeder Vollmondnacht von Albträumen geplagt wurde. Und so hatte es vor einigen Monaten beschlossen, in den Vollmondnächten nicht mehr zu schlafen. Stattdessen saß es die ganze Nacht am Fenster und sah mit bösem Blick zum Mond hinauf. Bis zu jener Nacht, in der sich eine schwarze Eule auf dem Baum vor seinem Zimmer niederließ.

„Du weigerst dich zu schlafen. Das gefällt mir nicht", verkündete die Eule.

„Ich habe in den Vollmondnächten immer Albträume", erklärte das Mädchen.

„Wenn ich dir helfe, sie zu vertreiben, gibst du mir dann dein Wort, dass du wieder schläfst?"

„Was muss ich dafür tun, dass du mir hilfst?", fragte das Mädchen.

„Du musst nur schlafen. Den Rest überlasse mir", meinte die Eule. Doch das Mädchen blieb skeptisch. „Ich verspreche dir, das ist kein Trick. Der Mond braucht deine Hilfe."

„Der Mond?", wiederholte das Mädchen überrascht.

„Jawohl, der Mond. Und wenn du ihm hilfst, wird dir das zugutekommen. Denn er bat mich, dir deine Albträume zu nehmen."

„Warum?", wollte das Mädchen wissen.

„Das will ich dir beim nächsten Vollmond verraten. Doch ich komme nur, wenn du dich nun schlafen legst."

„Dann will ich das tun", sagte das Mädchen und legte sich ins Bett.

„Nun, das war mein erster Besuch. Zweimal noch will ich kommen, zweimal noch musst du schlafen bei Vollmond. Dann bist du von den Albträumen befreit", sagte die Eule, ehe das Mädchen die Augen schloss und einschlief.

Als das Mädchen am nächsten Morgen erwachte, erinnerte es sich, wie der Mond es zugedeckt und ihm einen Kuss auf die Stirn gegeben hatte. Danach war er durch das Fenster hinausgeschwebt und auf seinen Platz am Himmelszelt zurückgekehrt.

Beim nächsten Vollmond wartete die Kleine ungeduldig, dass die Eule wiederkam, denn sie konnte es kaum erwarten, dass sie ihre Frage aus der ersten Vollmondnacht beantwortete.

Und so erklärte die Eule schließlich: „Der Mond hat zwei Aufgaben, er beschenkt die Menschen nachts mit Träumen und muss hell am Himmel leuchten. Doch in der Vollmondnacht braucht er fast seine ganze Kraft, um hell zu leuchten. Da er den Menschen aber trotzdem schöne Träume schicken möchte, will er sich die Träume anderer Leute leihen und weitergeben. Doch immer mehr Menschen weigern sich, in der Vollmondnacht zu schlafen. Und da er nicht genug Kraft hat, eigene Träume zu schicken, kommt es zu immer mehr Albträumen. Wenn der Mond und ich es allerdings schaffen, das zu ändern, und wieder mehr Menschen in der Vollmondnacht schlafen, dann wird keiner mehr Albträume haben. Doch dafür brauchen wir eure Mithilfe.“

Das Mädchen nickte eifrig und versprach: „Ich werde nun in jeder Vollmondnacht schlafen. Aber verrätst du mir auch, wie du es schaffst, die Albträume zu vertreiben?“

„Das verrate ich dir in deiner dritten Vollmondnacht. Denn einmal noch will ich kommen, einmal noch musst du schlafen bei Vollmond. Dann bist du von den Albträumen befreit.“

Das Mädchen legte sich schlafen. In dieser Nacht tanzte es im Mondschein auf der Wiese und mit ihm die Tiere des Waldes.

In der dritten Vollmondnacht setzte sich die Eule wieder auf den Baum vor dem Fenster. Die Eule verlangte von dem Mädchen, sich ins Bett zu legen. Und wie die Kleine da so im Bett lag, fiel ihr der helle Mondschein direkt ins Gesicht.

„Meine Flügel sind aus Mondstaub. Und sobald der Mondschein dort auftrifft, übertragen sie die Kraft des Mondes auf alles, was die Flügel vor dem Mond bedeckt.“ Die Eule breitete prompt ihre

Flügel aus und schirmte den hellen Mondschein von dem Mädchen ab. Das Zimmer lag im Dunkeln, aber in den Flügeln konnte das Mädchen den Mond sehen. Und sie spürte seine Kraft.

„Nach der heutigen Nacht bist du von den Albträumen befreit. Denn du trägst die Kraft des Mondes nun in dir. Dafür verlässt sich der Mond auf dich, dass du ihm Kraft zurückgibst und beim Verteilen der Träume hilfst. Alles, was du dafür tun musst, ist, in den Vollmondnächten zu schlafen. Solltest du dies nicht machen, werden die Albträume wiederkommen."

„Ich werde den Mond nicht enttäuschen", sagte das Mädchen zufrieden.

„Dreimal war ich da, als der Mond war so nah. Noch mal kommen werd ich nicht, ich verlass mich auf dich", sagte die Eule.

Das Mädchen schloss die Augen und fiel in einen ruhigen Schlaf. Es schwebte auf den lächelnden Mond zu, der es in eine zärtliche Umarmung schloss.

Die Vollmondnacht war gerade erst vorüber, doch die Kleine konnte die nächste kaum erwarten. Denn die Träume in den Vollmondnächten wurden zu ihren schönsten. Und wenn sie nicht gestorben ist, dann träumt sie noch heute.

Christina Emmerling wurde 1992 in Würzburg geboren, wo sie auch heute noch lebt. Bereits während der Schulzeit und später neben der Ausbildung zur Rechtsanwaltsfachangestellten begeisterte sie das Schreiben. Neben Kurzgeschichten schreibt sie Fantasyromane und arbeitet derzeit an einer Trilogie. Ihre erste Kurzgeschichte wurde 2013 in einer Anthologie veröffentlicht.

Der Igel und sein Stachelkleid

Es war zu einer Zeit, als die Tiere noch nicht so lange auf der Erde waren. Manche hatten zwei Beine, manche vier. Manche konnten nur kriechen oder schwimmen. Aber die auf der Erde sahen einander alle ziemlich ähnlich. Die meisten waren sehr friedlich und fürchteten sich vor den Menschen. Natürlich hatte jedes Tier seine Eigenart oder Vorliebe. Die einen lebten gern im Wald und pickten Beeren, die anderen auf Feld und Flur, sie fingen Insekten.

Einige der Vierbeiner wiederum mochten die Gärten der Menschen, denn hier wuchsen saftiges Obst und knackiges Gemüse. Es gab dort auch freundliche Kinder, die sogar ein kleines Schälchen mit frischem Wasser vor die Haustür stellten. Die Tiere waren bescheiden und freuten sich über die Erfrischung.

Eines Tages jedoch dachten manche, dass es schön wäre, wenn sie sich unterscheiden würden. Sie hatten den Wunsch, unterschiedlich auszusehen. Bald waren einige mit Fell und Federn geschmückt. Der kleine Igel jedoch saß ängstlich unter seinem großen Laubhaufen. Nur in der Abenddämmerung schlich er aus seinem schützenden Versteck hervor, um ein wenig Futter zu suchen. Er schämte sich, weil er noch grau und nackt war. Einzelne Tiere machten sich sogar über ihn lustig, wenn sie ihn sahen. Sie stupsten ihn mit ihren kalten Nasen an oder kitzelten ihn mit ihren buschigen Schwänzen.

Darüber ärgerte sich der Kleine natürlich. Er hatte so gar keine Idee, wie er sich kleiden wollte. Sollte er sich einen Schwanz zulegen oder ein Federkleid?

Er wurde sehr traurig, kroch unter seinen feuchtwarmen Laubhügel und weinte, bis er schließlich in einen festen Schlaf fiel.

Es wurde herbstlich, die Nächte wurden kühl und dann kam der Schnee, der in leisen Flocken auf die dunkle Erde rieselte. Der kleine Mecki schlief den ganzen Winter.

Im neuen Jahr lugte zaghaft die Sonne durch die Wolken. Als sie eines Tages hell leuchtete, weckte die wohlige Wärme ihrer Strahlen den kleinen Igel.

„Wie schön die Sonne ist", dachte er, als er in das helle Licht blinzelte. Gleich spürte er Hunger in seinem kleinen Bäuchlein, weil er den ganzen Winter über geschlafen und nichts gegessen hatte.

Er versuchte, ein paar Schritte zu gehen. Aber er stolperte über einen Grashalm, fiel sogar hin und purzelte den Abhang hinter seinem bunten Laubhaufen hinunter. Dabei bekam er so viel Schwung, dass er rollte und rollte. Er landete in einem kleinen, stacheligen Busch.

„Steh hier nicht so unnütz rum", murrte der Igel unfreundlich.

„Nein, nein, ich bin nicht untätig. Ich wachse. Der Ranger schaut jede Woche nach mir, ob ich größer werde", sagte das Bäumchen und wippte leicht erregt mit seinen Zweigspitzen. „ Ich darf mich nicht aufregen, dann werde ich krumm."

„So, so. Du pikst aber", jammerte der kleine Igel, denn es waren viele Stacheln in seinem Rücken hängen geblieben. Zum Glück hatten sie seine Nase nicht erwischt. Sofort wollte er die Piksdinger herausziehen, aber er konnte sie mit seinem kurzen Schnäuzchen nicht erreichen. Sollte er die anderen Tiere um Hilfe bitten?

Während er so nachdachte, bemerkte er eine kleine Pfütze auf dem nahe gelegenen Weg. Sofort ging er dorthin, um sein Spiegelbild zu betrachten. Er drehte seinen Kopf hin und her, nach links und nach rechts. Dabei bemerkte er gleichzeitig kleine orangerote Beeren auf seinem Rücken. Er wälzte sich vor und zurück, um sie loszuwerden. Dabei kam ihm eine Idee.

„Ich könnte meinen Mitbewohnern zur Überraschung etwas Essbares bringen, ein Freundschaftsgeschenk, gesunde Sanddornbeeren."

So beschloss er, die Stacheln und die Beeren zu behalten. Die stacheligen Nadeln störten ihn schon gar nicht mehr, ja, sie gefielen ihm sogar immer besser. „Sieht gar nicht so schlecht aus, vielmehr interessant."

Und wie stark er sich auf einmal fühlte! Jetzt sollte nur einer kommen und ihn ärgern, er würde sich einfach zu einer stacheligen Kugel drohend zusammenrollen. Er hatte gar keine Angst mehr.

Der kleine Igel wurde von den anderen Tieren bestaunt und fand viele neue Freunde. Gemeinsam mit ihnen erzählt er nun spannende Geschichten in seinem wärmenden Laubhaufen, wenn die Tage kürzer und dunkler werden.

Doris Giesler, *geb. in Oberhausen/Rhld., machte eine Ausbildung zur Fremdsprachenkorrespondentin und arbeitete bei verschiedenen internationalen Industriefirmen. Erste Kurzgeschichten. Später in Süddeutschland moderierte sie ehrenamtlich im Klinik-Rundfunk, unterrichtete lernschwache Jugendliche und hielt Lesungen für Kinder. Teilnahme an Schreibwerkstatt, Veröffentlichungen in Anthologien sowie Gedichtbänden. Hobbys: Geschichten schreiben. Sie mag Tiere, besonders Katzen. Doris Giesler lebt in Baden-Württemberg.*

Nurofelia im Raupenschmetterlingsland

In einem weit entfernten Land, in dessen Wäldern seltsame Geschöpfe hausten, lebte einst auch eine kleine Elfe namens Nurofelia. Diese war durchaus kein liebes Elfenkind. Ständig gab sie Widerworte und wusste alles besser, egal, wie oft ihre Elfenmutter und ihr Elfenvater sie zurechtwiesen.

Eines Tages fand ihre Mutter jedoch, nun sei es genug. Streng sah sie Nurofelia an, hob den Zeigefinger und rief: „Was sein muss, muss sein. Geh mir aus den Augen, Kind! Hiermit verbanne ich dich in das Raupenschmetterlingsland! Und wage es ja nicht zurückzukommen, ehe du nicht Demut und Respekt gelernt hast!"

Rums! Ihre Mutter schmetterte das Moosgatter ihres Elfenhügels direkt vor Nurofelias Nase zu.

Da stand sie nun, die kleine Elfe, und wusste nicht, was dies zu bedeuten hatte. Einzig ihr kleiner Kuscheltierfreund Minicorn schmiegte sich in ihre Arme, so wie stets. Nurofelia steckte die Nase in das kuschelige Fell des Seepferdcheneinhorns. „Nanu, Minicorn, weißt du, was das zu bedeuten hat?", wollte sie gerade fragen, als plötzlich ein Wind zu tosen und zu sausen anfing, dass Nurofelia gar nicht wusste, wie ihr geschah. Der Sturm wurde immer stärker, zog und zerrte an ihrem Elfengewand und Nurofelia konnte sich kaum noch auf den Beinen halten. Schutz suchend klammerte sie sich an Minicorn, doch der Wirbel zog die kleine Elfe mit sich und ließ sämtliches Grün des Elfenwaldes in einem einzigen Strudel verschwimmen. Nurofelia fiel und fiel, während der Wind um sie herumsauste und in ihren Ohren brauste.

Plötzlich wurde ihr Fall abrupt gebremst – wobei sie vor Schreck Minicorn verlor. Dann schwebte sie hinab und landete sanft auf einer Wiese, als ob eine riesige Hand sie schützend aufgefangen hätte, um sie behutsam abzusetzen.

Als sich Nurofelia suchend nach ihrem Freund umsah, entdeckte sie Minicorn am flachen Ufer des Teiches, neben dem sie gelandet war. Schnell streckte sie die Arme aus, um das nasse Seepferdcheneinhorn ans Ufer zu ziehen. Die kleine Elfe war völlig außer Atem und mächtig verwirrt.

„Wo sind wir hier nur gelandet, Minicorn?", fragte sie. „Wie kommen wir wieder nach Hause? Und was meinte Mutter wohl damit, ich dürfe erst zurückkommen, wenn ich Demut und Respekt gelernt hätte? Was bedeuten diese Worte nur?" Ratlos machte sich Nurofelia mit dem ziemlich nassen Minicorn im Arm auf einen unbestimmten Weg.

Stunde um Stunde wanderte die kleine Elfe durch das Land. Sie sah nichts als grüne Wiesen mit bunten Blumen, die von glitzernden und schillernden Schmetterlingen umschwirrt wurden. Es waren sehr viele Schmetterlinge, was Nurofelia ganz entzückend fand.

„Was soll denn an diesem Land so sträflich sein, dass mich Mutter hierher verbannte?", fragte sie sich. Bei dem Gedanken an ihre Heimat wurde ihr ganz weh ums Herz. Sachte drückte sie den inzwischen trockenen Minicorn an sich, als ob sie Trost suchen würde. Ein bisschen fand sie ihn auch, denn das Heimweh schien ein klein wenig nachzulassen.

Langsam zog die Dämmerung über das Land und die Schmetterlinge wurden weniger. „Merkst du es auch, Minicorn?", fragte die kleine Elfe mit unsicherer Stimme. „Alle Schmetterlinge ziehen sich zurück in ihre Schlafstätten. Gleich sind wir ganz allein im Dunkeln. Wir sollten uns auch einen Schlafplatz suchen." Nurofelia war es, als ob Minicorn in ihren Armen leicht nickte.

Als ein schöner, großer Baum im Dämmerlicht auftauchte, fand Nurofelia, dass die Höhle in seinem Stamm durchaus eine geeignete Schlafstätte sei, zumal der Boden mit Herbstlaub schön gepolstert war. Müde ließ sie sich in die Blätter sinken und lehnte sich an das Bauminnere. Minicorn fest an ihre Brust gedrückt, schlief die kleine Elfe sofort ein. So merkte sie nicht, dass viele kleine Wesen aus dunklen Löchern krochen, um sich diese seltsame Gestalt etwas genauer anzusehen.

Am nächsten Morgen kitzelte Nurofelia das Sonnenlicht in der Nase, das durch die Baumhöhlenöffnung hereinfiel. Die kleine Elfe hatte das Gefühl, dass der Schlaf sie noch fest im Griff hatte, denn als sie versuchte, sich zu bewegen, konnte sie es nicht. Da öffnete Nurofelia die Augen und erschrak. Sie war über und über in weißes Garn eingesponnen. Alles war fest verzurrt und bis unter die Nase gut verpackt, selbst Minicorn in ihren Armen war nicht mehr zu sehen. Nurofelia konnte nur noch mit den Augen blinzeln und wurde mächtig wütend.

„Was soll das denn?", wetterte sie in Gedanken. „Wer war das? Macht mich los, sofort!", dachte sie, während sie so einiges anstellte, um sich zu befreien. Zuerst wackelte sie mit den Zehen, dann mit den Fingern, dann mit den Ohren, doch alles blieb vergeblich, sie war zu fest eingesponnen. Schließlich bekam es die kleine Elfe mit der Angst zu tun. „Hilfe!", dachte sie. Dann noch einmal lauter: „Hilfe!" Doch das Denken hörte keiner. Und so erschien auch niemand zu ihrer Rettung. „Ojemine, ojemine, ojemine", jammerte die kleine Elfe in Gedanken. „Was soll ich nur tun?"

Plötzlich fing das Laub am Höhlenboden an, sich zu bewegen. Selbst unter Nurofelias Körper zuckte und zitterte alles. Es raschelte und raschelte und die kleine Elfe sah mit großen Augen zu, wie aus dem Laub viele kleine weiße Tierchen mit dicken, langen, haarigen Körpern hervorkrochen. Ihre Gesichter waren so unscheinbar, dass man nicht wusste, wo hinten und wo vorne sein sollte. Nurofelia wollte Minicorn zurufen, ob er denn auch all diese Tierchen sehe, aber dann fiel ihr ein, dass sie weder rufen konnte, noch dass Minicorn etwas sehen konnte, da er ja komplett in ihren Armen eingesponnen war.

Währenddessen wurden diese weißen Tierchen immer mehr. Reihe um Reihe stellten sie sich vor Nurofelia auf, bis sie vollzählig waren. Dann kroch das größte unter ihnen nach vorne. „Nun, kleine Elfe, was tust du hier?"

Nurofelia konnte diese Worte nicht wirklich hören, stattdessen vernahm sie dieses feine Stimmchen nur in ihren Gedanken. „Wer seid ihr?", fragte sie in Gedanken zurück.

Da donnerte die plötzlich gar nicht mehr feine Stimme in ihrem Kopf: „ Erst sollst du *mir* antworten, bevor du Fragen stellst. Das verlangt der Respekt!"

Respekt, schon wieder dieses seltsame Wort.

„Aber ich muss doch wissen …“

„NICHTS musst du! Gehorchen sollst du! Sonst krabbeln wir alle unter die Seide, in die wir dich eingewoben haben, und kitzeln dich mit unseren vielen Füßchen so lange, bis du zu gehorchen lernst. Und nun beantworte meine Frage.“

Trotzig dachte Nurofelia: „Dieser Stinker da kann mir gar nichts befehlen!“ Gleich darauf erschrak sie, denn sie hatte vergessen, dass dieses Tierchen ihre Gedanken hören konnte.

Prompt hörte sie dessen Stimme in ihrem Kopf: „Jetzt weiß ich, warum du hier bist, doch du bist in meinem Land und hier befehle ich!“

Dann setzte sich die ganze Kolonie in Bewegung und die kleine Elfe verfolgte mit den Augen, wie ein Geschöpf nach dem anderen durch die gesponnene Seide schlüpfte und darunter verschwand. Schon konnte Nurofelia ein sachtes Kitzeln spüren, das sich schnell über ihren ganzen Körper ausbreitete. Zuerst fand sie es lustig, später nicht mehr und schließlich konnte sie es kaum noch ertragen. Sie musste unbedingt lachen, doch ihr Mund blieb mit gesponnener Seide verschlossen.

Nurofelia wand sich hin und her. „Halt, es reicht, hört auf damit, hört sofort auf!“, dachte sie. Doch die Tierchen kitzelten fröhlich weiter. „Was soll das?“, dachte Nurofelia. „Ihr sollt aufhören!“

„Verständlich“, brummte es in ihrem Kopf. „Aber du hast befohlen, statt zu bitten. Der Respekt verlangt Höflichkeit und die Demut fordert Einsicht.“

Nurofelia senkte die Augen. „Nun gut“, dachte sie, „wenn es sein muss.“ Dann streckte sie sich, so gut es ging. „Ich bitte euch darum, mit dem Kitzeln aufzuhören.“ Kaum hatte sie den Satz zu Ende gedacht, als auch schon das Kitzeln erstarb und alle kleinen Tierchen flugs unter der Seide hervorkrochen. Sie stellten sich wieder in Reih und Glied vor ihr auf.

Der Anführer nickte. „Da du mir zugehört und mir damit gezeigt hast, dass du mich ernst und wichtig nimmst, will ich dir gerne antworten, denn nun nehme auch ich dich ernst und wichtig. Du bist hier im Raupenschmetterlingsland, in dem alle, die uns besuchen, so wie wir selbst eine wunderbare Wandlung erleben. Erst wenn wir Raupen die Beschwerlichkeiten des Lebens erfahren haben, können

wir zu wunderschönen Schmetterlingen werden. So lernen wir nach
unserer Verwandlung, das Leben wertzuschätzen und die Freiheit,
die dieses mit sich bringt. Weißt du nun selbst, warum du hier bist?"

Nurofelia musste sich sehr zusammenreißen, um, statt eine Antwort zu geben, nicht wieder eine Gegenfrage zu stellen, etwa wie sie
wieder nach Hause käme. Stattdessen dachte sie: „Ich nehme an,
um Respekt und Demut zu lernen."

Der Anführer nickte.

„Nun, ich denke, ich weiß nun um deren Bedeutung. Kannst du
mir dabei helfen, wieder nach Hause zu kommen, liebe Raupe?"
Nurofelia freute sich, denn sie fand, sie hatte sehr höflich gefragt.
Und sie wollte wirklich hier weg.

Die Raupe antwortete in ihrem Kopf: „Dazu müssten wir dich
befreien und ich bin mir nicht sicher, ob du schon bereit dafür bist."

Fast hätte Nurofelia gedacht: „Macht mich endlich los, ihr ekli-
gen Würmer! Holt mich hier raus, und zwar flott!" Aber nur fast
... Stattdessen meinte sie: „Könnt ihr mich nicht aus der Seide befreien, liebe Raupen?"

Lange sah der Anführer Nurofelia in die Augen, als ob er ahnte,
was diese beinahe gedacht hätte. Dann nickte er. „Und schon hast
du begriffen, dass du nicht immer nur nach deinem Gutdünken
handeln kannst, sonst würdest du hier auf ewig schmoren."

Dieser Gedanke erschreckte Nurofelia zutiefst, denn sie wollte auf
gar keinen Fall für immer und ewig hier sitzen und eingesponnen
bleiben, Minicorn an ihre Brust pressend und mit keiner anderen
Unterhaltung als der mit der Raupe in ihrem Kopf.

„Aber ich sehe, dass du verstanden hast", brummelte die Stimme
und schon machte sich das kleine Raupenheer auf, um sich gefrä-
ßig über die Seide herzumachen, in die es Nurofelia eingesponnen
hatte.

Mit jeder Lage, die sie entfernten, wurde es der kleinen Elfe leichter ums Herz. Als sie endlich frei war und Minicorn kräftig aus-
geschüttelt hatte, damit er nicht mehr so platt aussah, wäre sie am
liebsten hinaus- und davongestürmt. Doch sie hatte dazugelernt.
Demütig sagte sie, wobei sie froh war, wieder laut sprechen zu können: „Ich danke dir, liebe Raupe. Ich danke euch allen, dass ihr
mich befreit habt und ich nicht auf immer hier schmoren muss."

Der Anführer verbeugte sich und brummelte in ihrem Kopf: „Danke dir selbst, denn es lag zu jeder Zeit allein in deinen Händen, kleine Elfe. So geh hinaus, du wirst den Weg nach Hause finden." Und ehe sich Nurofelia versah, krochen all die kleinen Tierchen zurück unter das Blätterlaub.

Schnell kletterte Nurofelia aus der Baumhöhle. Mit Minicorn im Arm wollte sie den Weg zurückwandern, den sie gekommen war, doch plötzlich fing die Luft an, zu schwirren und zu sirren, als Tausende und Abertausende schillernde und glitzernde Schmetterlinge auf sie zuflogen. Bevor sie wusste, wie ihr geschah, wurde die kleine Elfe sanft in die Lüfte gehoben. Sie drückte Minicorn fest an sich, während sie immer höher schwebte, bis hinauf in die Wolken, und die Schmetterlinge immer noch mehr wurden, sodass sich das Sonnenlicht verdunkelte und ihre Flügel die Luft zu einem Wirbel peitschten. Immer wilder ging es zu, bis die kleine Elfe endlich vor dem geschlossenen Moosgatter landete.

Die Elfenmutter erschien und öffnete das Gatter. Nurofelia konnte nicht anders, als sich in die vertraute Umarmung ihrer Mutter zu kuscheln.

„Nun, mein liebes Kind, wie ich sehe, bist du als Raupe gegangen und kommst als Schmetterling zurück. Ist es so?"

Nurofelia lächelte. „Ja, liebe Mutter, so ist es." Minicorn, eingeklemmt zwischen Mutter und Tochter, schien zu nicken.

Und wenn die Zeiten sich nicht geändert haben, so werden noch viele kleine Elfen – manchmal auch ein paar kleine Elfenjungen – das Raupenschmetterlingsland besuchen.

Kerstin Gramelsberger, *1971 in München geboren, lebt und arbeitet in einem Münchener Vorort. Die gelernte Industriekauffrau ist verheiratet und Mutter zweier Töchter. Sie schreibt mit Begeisterung Gedichte und Kurzgeschichten und ist in zahlreichen Anthologien vertreten. Mehr dazu unter www.kerstin-gramelsberger.de*

Die Elfen und der Zwerg Malon

Vor langer Zeit war an der Stelle, wo wir jetzt stehen, ein dichter, dunkler Wald. Dort lebten viele unsichtbare Wesen, von denen die Menschen auf dem Land meist nichts gewusst haben. Auch das Elfenmädchen Amena lebte einst in diesem Wald. Sie hatte eine kleine Stupsnase, große, kugelrunde Augen und einen süßen Schmollmund.

Als sie sich eines Tages auf einen Stein neben dem See gesetzt hatte, betrachtete sie sich neugierig im Wasserspiegel. Sie war ein bisschen eitel. Ihre zarten Flügel waren wie feine Gespinste, die in allen Farben des Regenbogens leuchteten. Tautropfen blieben daran hängen und spiegelten sich in der Sonne.

In der Mitte des Waldes, wo es dichtes Gestrüpp und Flechten gab, wohnte der Zwerg Malon. Er war ein böser und giftiger kleiner Mann. Mit jedem im Wald war er zerstritten und er suchte auch überall Streit. Keiner wollte mit ihm etwas zu tun haben.

An jenem Morgen wollte er hinter seiner Hütte Holz hacken. Er packte die große Axt und stapfte um die Hütte herum zu dem großen Holzstoß. Wie immer war er übelster Laune, er schimpfte vor sich hin und hackte dabei die Holzscheite wütend auseinander. Als eines der Scheite an der Axt hängen blieb, ärgerte er sich darüber derart, dass er mit Gewalt an der Axt zu zerren begann. Dabei rutschte er ab und die Axt fuhr ihm tief ins Bein. Ein lauter, gellender Schrei tönte durch den Wald. Für einen Augenblick waren alle Tiere still. Sogar der Wind hörte kurz auf zu wehen.

Diesen Schrei hörte auch die kleine Elfe, die erschrocken von ihrem Platz hochfuhr und angestrengt in den Wald hineinhorchte. Was war bloß passiert? Vorsichtig flog sie in die Richtung, aus der der Schrei gekommen war. Als sie bei der Hütte des Zwergs angekommen war, konnte sie anfangs jedoch nichts bemerken.

Aber dann hörte sie ein fürchterliches Stöhnen und fand den verletzten Zwerg hinter der Hütte am Boden liegen. Die Axt steckte noch immer in seinem Bein.

Als er Amena sah, zischte er sie böse an: „Was glotzt du so blöd, hilf mir gefälligst!"

Amena war allerdings viel zu zart, um die Axt aus dem Bein ziehen zu können. Nachdem sie sich von ihrem ersten Schreck erholt hatte, überlegte sie kurz, bevor sie begann, ein Lied zu singen. Die Melodie flog in die Luft, schwebte durch den Wald, über die Wiesen und Felder und alle Elfen hörten sie. In kurzer Zeit kamen viele von ihnen herbei und die stärksten zogen gemeinsam die Axt aus dem Bein des Zwergs Malon. Auch der Elfenkönig war gekommen. Er hatte eine Wundsalbe mitgebracht, die auf das verletzte Bein aufgetragen wurde. Dann halfen alle dabei, den Zwerg in die Hütte zu tragen. Eine der Elfen kochte ihm eine Suppe. Diese trank Malon mit Widerwillen, bevor er in einen tiefen, langen Schlaf fiel. Er hatte sich mit keinem Wort für die Hilfe bedankt.

Als er nach langer Zeit wieder erwachte, wusste er nicht, wo er war. Doch dann fiel ihm der Unfall mit der Axt wieder ein. Er betrachtete seine Beine, aber da war nichts zu erkennen. Sie waren völlig gesund. Er erhob sich und sah sich in der Hütte um. Alles war aufgeräumt und sauber. Jetzt kratzte er sich grübelnd den Bart. Hm, irgendwas war nicht so wie immer.

Als er vor die Tür trat, saßen alle Elfen um die Hütte herum und freuten sich, dass der Zwerg wieder gesundet war. Als er die Freude in den Gesichtern der Elfen sah, schämte er sich, dass er immer so böse gewesen war. Zum ersten Mal in seinem Leben sagte er laut „Danke" und es tat ihm überhaupt nicht weh.

Gabriele Grausgruber, *geboren 1957, verheiratet, wohnhaft in Gurten/Oberösterreich, Schriftstellerin. Kinderbücher, Auszeichnungen für Kinderbücher beim internationalen Kinder- und Jugendbuchwettbewerb Schwanenstadt 2012 und 2013, Gedichte und Kurzgeschichten in Hochdeutsch wie auch in Mundart. Lesungen sowie Veröffentlichungen in diversen Anthologien und Printmedien.*

Hannibal –
der Marienkäfer

An der kleinen Laube im hinteren Teil des großen Gartens war das Holz verwittert und die blaue Farbe schon ziemlich abgeblättert. Alles sah ziemlich trostlos aus, so als ob sich schon lange Zeit niemand mehr um diese windschiefe Hütte gekümmert hätte. Die alte Tür mit der kleinen, blinden Glasscheibe stand etwas offen, Löwenzahn wuchs in der Türschwelle, ein paar dünne Zweige eines mageren Strauches streckten sich durch den Türspalt dem Licht entgegen.

Die weißen Fensterrahmen hatten auch nur noch wenig Farbe dran. Sie waren im Laufe der Jahre durch die Feuchtigkeit immer wieder aufgequollen und dann durch die Sonne eingetrocknet. Dadurch waren zwischen den Scheiben und den Rahmen offene Zwischenräume entstanden. Diese Zwischenräume nutzten viele kleine Tiere, Insekten und Käfer, als Unterschlupf. Einer davon war der kleine Hannibal, ein Marienkäfer. Er und viele andere seiner Art überwinterten gemeinsam in dem Fensterrahmen. Wie eine dicke Wollwurst sah ihr Winterquartier aus. So hielten sie sich gemeinsam einigermaßen warm, um im Frühjahr wieder in die Sonne hinauszufliegen.

Es war Mai und die Käfer lösten sich aus ihren Umarmungen, breiteten ihre kleinen Flügel aus und segelten in den blauen Sonnenhimmel hinein. Bei den Sträuchern, die um die Hütte herum wuchsen, landeten sie auf den frischen grünen Blättern und schauten sich ihre Umgebung an. Sie mussten sich zuerst orientieren, ob alles noch so war wie im letzten Sommer.

Der kleine Hannibal war ein Marienkäfer mit sieben schwarzen Punkten auf den tomatenroten Flügeln. Er fühlte sich mit den ersten warmen Sonnenstrahlen groß und stark und war voller Neugier, was die nächste Zeit ihm bringen würde. Er sah sich um. Seine ganze Käferfamilie schwärmte nun aus, alle brauchten sie die Wärme der Sonne, um wieder richtig beweglich zu werden.

Hannibal dehnte und streckte sich, seine Flügelchen flatterten kraftvoll und es dauerte nicht lange, bis er wie alle anderen hoch in die Luft und der Sonne entgegenschwirrte. Sie flogen im Schwarm über die Gartenkolonie, über einen kleinen See und landeten dann alle, es waren viele Tausend, in einem Bauerngarten am Rande eines Dorfes.

Hannibal saß auf dem dicken grünen Blatt eines hohen Strauches, schaute sich um, putzte mit seinen kleinen Füßchen seine roten Flügel und beobachtete dabei aufmerksam seine Umgebung. Kleine Marienkäfer, auch Muttergotteskäfer oder Junikäfer genannt, mussten sich vor Feinden, die sie auffressen wollten, in Acht nehmen. Dazu gehörten zum Beispiel Vögel, Eidechsen oder Spitzmäuse.

Plötzlich kam Hannibal der Gedanke: „Warum fliege ich nicht einmal ganz alleine irgendwohin, wo es vielleicht keine anderen Tiere gibt, die mich fressen wollen?"

Von den anderen Marienkäfern wurde er gar nicht beachtet, sie waren alle mit sich selbst und ihrer Suche nach etwas Essbarem beschäftigt. So fiel es nicht auf, dass er mit seinen roten Flügeln wirbelte und sich ganz schnell in die Luft erhob – weg war er von dem großen Käferschwarm.

Er flog und flog, weiter und immer weiter, ein warmer Windhauch nahm ihn ein langes Stück mit bis zu den Büschen am Waldrand. Er sah einen Haselstrauch mit schönen grünen, saftigen Blättern. Ihm gelang eine glatte Landung auf einem Blatt, auf dem er sogar ein paar Blattläuse fand. Das war ein Festschmaus schon am Anfang seiner Reise.

Auf einmal purzelte neben ihm etwas auf *sein* Blatt. Erschrocken flatterte er mit seinen roten Flügelchen. Aber es war nur ein kleiner Freund aus der großen Marienkäferwolke, der auch gerne was alleine unternehmen wollte. „Wer bist du?", fragte Hannibal.

„Ich bin Karlchen", plapperte der kleine Käfer, „und ich würde gerne mit dir in die weite Welt hinausfliegen."

Hannibal war begeistert und fand die Idee gar nicht so schlecht. Ein Begleiter konnte eine wunderbare Unterhaltung sein, gemeinsam konnte man so viel entdecken.

Zuerst einmal erkundeten sie die Haelsträucher, naschten hier ein paar Blattläuse und da ein paar kleine Spinnenmilben. An einem Tautropfen, es war ja noch früh am Morgen, nippten sie mit ihren kleinen Rüsselchen.

Hannibal und Karlchen wollten sich eben weiter umschauen, als sie ein lautes und für sie unheimliches Geräusch hörten. „Muuuh." Was war das und woher kam es? Sie entdeckten den Verursacher hinter dem nächsten Zaun – eine Kuh. Aber das wussten sie noch nicht. Sie waren sehr erschrocken über dieses große Tier, hatten sie doch bisher nur die kleinen Käfer und Spitzmäuschen gekannt. Aber die Neugier trieb sie näher an die Kuh heran. Viele Fliegen schwirrten umher, Hannibal und Karlchen mischten sich unter das fliegende Volk, verstanden aber nichts von dem, was die Fliegen sprachen oder piepsten. Dies war eine andere Sprache als die der Marienkäfer. Also drehten sie noch eine Runde um die Kuh und verabschiedeten sich wieder.

Die Flugreise ging nun weiter zum Bauernhof. Viele Hühner liefen dort frei herum, gackerten und pickten die Körner vom Boden auf, auch mal kleine Würmchen.

Die beiden lernten an diesem Morgen viele Tiere kennen, von denen sie aber nicht wussten, wie sie hießen.

Von Mai bis August lebten Hannibal und Karlchen unbeschwert auf dem Bauernhof. Da gab es von morgens bis abends viele kleine Blattläuse und Milben, alles, was der hungrige Käfermagen begehrte. Nur vor den Mäusen, die im Stall lebten, und vor den Schwalben, die unter dem Dach ihre Nester an die Hauswand bauten, mussten sie sich fürchten. Die Schwalben, auch Mauersegler genannt, tauchten so plötzlich auf, dass unsere beiden Käferlein manchmal nur mit viel Geschick ihren gierigen Schnäbeln entwischen konnten.

Die Bauersfrau freute sich über die kleinen getupften Käfer, auch wenn es nur zwei waren, aber sie fraßen sehr, sehr viele Blattläuse. Zwischendurch flogen auch andere Marienkäfer aus ihrer früheren Gemeinschaft vorbei, blieben aber nicht lange.

Die beiden drehten ihre Runden durch den Schweinestall, umkreisten auf der Weide die Kühe, flogen mit den Mücken um die Wette. Ein Paradies für Hannibal und Karlchen. Der lange, heiße Sommer war eine wunderschöne Zeit für die Glückskäferchen.

Karlchen erzählte Hannibal, dass er im letzten Jahr einen Freund kennengelernt hatte, auch einen Marienkäfer, der aber ganz anders aussah als sie beide. Hannibal meinte, alle Marienkäfer seien tomatenrot und hätten sieben schwarze Punkte auf den Flügeln. Karlchen aber berichtete etwas von vielen, vielen Punkten und gelb-orangen Flügeln. Vierzehnpunkt-Marienkäfer hatte sich der Freund genannt, der von einem fernen Kontinent, aus Asien, gekommen war. Hätte er jedenfalls erzählt, meinte Karlchen.

Der August ging vorüber, die Tage wurden kühler, die Sonne stand auch nicht mehr so oft am Himmel und die Septembernächte wurden ziemlich kalt. Alle Marienkäferchen sammelten sich wieder in einem großen Pulk und flogen in den alten Garten mit dem kleinen, schiefen Gartenhäuschen zurück. Niemand hatte im Sommer die Fenster repariert, sodass die meisten sich wieder in ihren alten Ritzen im Rahmen einnisten konnten. Im Sommer waren zudem so viele Marienkäferchen geschlüpft, dass weitere Winterquartiere gesucht werden mussten. Die vielen dicken Laubhaufen im Garten warteten nur auf die Wintergäste.

In den letzten Wochen hatten sie in ihren kleinen Körpern durch das Fressen der Blattläuse viel Fett angesammelt. Von diesen Fettreserven konnten sie während des kommenden Winterschlafs gut zehren.

Karlchen und Hannibal kuschelten sich eng aneinander und schmiegten sich mit anderen Käferchen in eine kleine, windgeschützte Fensterritze. In diesem Sommer waren sie die dicksten Freunde geworden. Sie träumten vom nächsten Jahr und neuen Entdeckungen. Der Bauernhof mit reichhaltigem Futter und vielen Tierfreunden wartete schon auf sie.

__Margot Gruber,__ Gründerin des Roßtaler Schreibkreises. Schreibt schon seit vielen Jahren Kurzgeschichten und Märchen.

Das Märchen vom Stier Josef

Marias Bauernhof ist auf den ersten Blick ein ganz normaler Ort: Er besteht aus einem alten Wohnhaus, einer Scheune und mehreren Ställen. Auch der Misthaufen ist natürlich nicht zu übersehen. Auf der kleinen Landstraße tuckern täglich Autos, Motorräder und Lastwägen vorbei und manchmal verirrt sich sogar ein sportlicher Radfahrer zu dem fast frei stehenden Hof. An Tieren gibt es neben Kühen, Kälbern und Stieren noch gut ein Dutzend Hennen. Der Hof gehört also zu den eher kleineren. Mit umso mehr Liebe kümmert sich Bäuerin Maria zusammen mit ihren Schwestern um die Tiere. Auch auf den zweiten Blick kann man nicht erkennen, dass sich hier oft sonderbare, fast magische Dinge zutragen ...

Maria hatte bereits vor Stunden alle Tiere versorgt und war nach Hause gegangen. Der Mond tauchte den Bauernhof in ein silbernes Licht. Eigentlich sollte nun Stille eingekehrt sein. Doch waren da nicht Stimmen zu hören?

„Du kriegst mich nie! Du bist eben doch der langsamere Zwilling, Biene!" Mit diesen Worten hüpfte das junge Kälbchen Maya um die Ecke der Scheune – direkt dahinter seine Zwillingsschwester Biene.

„Von wegen! So schnell wie du bin ich schon lang!"

Die beiden jagten sich quietschend, muhend und jubelnd über den Hof. Als sie aber zwischen Scheune und Wohnhaus um die Ecke bogen, wurde das wilde Treiben jäh beendet: Ringo, der junge Stier, stand mitten im Weg und auf Mayas „Aus der Bahn!" reagierte er nicht. *Kabumm* – schon waren die beiden frechen Kälber direkt gegen den Liebling aller Kühe auf dem Bauernhof gerannt.

„Aua!", jammerte Biene.

Doch Ringo lachte nur. „Ein Stier wie ich lässt sich sicher nicht von zwei Kälbern wie euch aus dem Weg schieben. Passt auf beim

Spielen. Das ist schließlich ein Bauernhof und kein Vergnügungspark! Wenn der alte Josef wüsste, wie es hier zugeht ..."

„Wer ist denn der Josef?" Erstaunt schauten die Zwillinge mit ihren großen Glubschaugen zu Ringo auf.

„Was, ihr habt noch nie vom alten Josef gehört? Ohne ihn wäre das hier ein ganz gewöhnlicher, langweiliger Bauernhof und außer der Bäuerin könnte niemand sprechen. Es wird wohl Zeit, dass ich euch die Geschichte erzähle."

Mit diesen Worten machte der schöne Ringo es sich bequem. Biene und Maya kuschelten sich an ihn und er begann mit seiner tiefen, ruhigen Stimme zu erzählen.

„Vor langer Zeit, damals war die Landstraße noch nicht geteert und die Wohnstube im Bauernhaus wurde nicht von modernem elektrischen Licht, sondern ausschließlich durch das prasselnde Feuer und Laternen beleuchtet, lebte hier ein Vorfahr unserer Maria. Er war schon ein älterer Mann mit einer fleißigen Bäuerin und zwei heranwachsenden Buben. Es waren schlechte Zeiten und ohne die heutige Technik war der Alltag hart und anstrengend. Aber es reichte, Milch und Eier wurden verkauft und auf den Feldern gab es noch genug Kartoffeln und Weizen, um über die Runden zu kommen. Die Familie war nicht reich, aber glücklich.

Ein schlimmer Sommer brachte aber Unheil über unseren Hof. Damals floss ein kleiner Bach hinter dem Haus vorbei, das sogenannte Hexenbacherl. Das Wasser darin war rein und klar. Es löschte nicht nur den Durst der Familie und aller Tiere des Hofes, sondern speiste auch die Felder mit ausreichend Feuchtigkeit. In besagtem Sommer war es jedoch unvorstellbar heiß. Schon im Frühjahr hatte es kaum geregnet und im Juni war der Bach nur noch ein armseliges Rinnsal, das Wasser war nicht mehr klar, sondern eine braune Brühe. Bald war jedoch auch das schlammige, fast ungenießbare Wasser verschwunden und es blieb nur der leere, beinahe staubtrockene Bachlauf zurück.

Was war nun zu tun? Der verzweifelte alte Bauer hatte nur eine Wahl: Mit seinem Pferdegespann und leeren Holzfässern fuhr er zum nächsten Bach und organisierte das benötigte Wasser. Doch in einem staubtrockenen Sommer haben nicht nur Mensch und Tier mehr Durst als gewöhnlich, nein, auch die Felder müssen jeden

Tag bewässert werden. Ein Fass Wasser ist lediglich der berühmte Tropfen auf den heißen Stein.

Der verzweifelte Bauer versuchte, seiner Familie Mut zuzusprechen. Doch eines Abends, als er alleine im Stall noch einmal nach dem Rechten sah, war er zumindest zu Josef, seinem liebsten und edelsten Stier, ehrlich.

Ach, mein lieber Josef. Wie soll ich unseren Hof halten, wenn auf den Feldern die Kartoffelpflanzen vertrocknen und die Kühe vor lauter Durst kaum noch Milch geben? Einsam und vollkommen in seine Gedanken versunken streichelte der Bauer seinem Lieblingsstier über den Kopf. *Ich werde wohl nicht umhin kommen, dich und all meine Tiere zu verkaufen. Doch ohne Tiere und Wasser kann ich auch den Hof nicht mehr halten. Morgen werde ich meiner Frau und den Kindern reinen Wein einschenken.* Traurig schlurfte der sonst so stolze Landwirt aus dem Stall.

Josef konnte zwar damals noch nicht sprechen und denken, so wie wir heute, doch er wusste, dass er seinem Bauern helfen musste. Er hatte, so erzählte er später, eine Ahnung und wurde von dieser magisch geleitet. Der treue Josef war nie angebunden und so war es für ihn keine Schwierigkeit, unbemerkt aus dem Stall auszubüxen.

Die nächsten Stunden lief er, getrieben von der besonderen Magie der guten Tat, um die Scheune, den Stall und das Wohnhaus herum. Glücklicherweise war es eine klare Nacht und der Vollmond erhellte alle Winkel. Er wusste nicht, was ihn antrieb, doch plötzlich blieb er stehen – ungefähr 15 Meter östlich des Wegkreuzes hinter dem Wohnhaus. Er wusste instinktiv, was zu tun war. Mit seinen Hörnern und den Vorderläufen versuchte er zu graben. Ein Stier ist jedoch nicht zum Graben gemacht. Zum Glück haben die drei Hofhunde wohl auch die besondere Magie gespürt und scharten sich um den braven Josef.

Als der Stier sie bemerkte, trat er zwei Schritte zurück und schon begannen die Hunde zu graben. Sie waren flink und hatten Übung. Da der Boden an dieser Stelle merkwürdigerweise locker und nicht steinig war, kamen sie gut voran.

Als das Morgenrot bereits den Himmel färbte und der Hahn schon zum ersten Krähen des Tages ansetzte, passierte es: Das tiefe Loch füllte sich mit Wasser! Nach Meinung der Menschen konnte es aufgrund der Bodenstruktur überhaupt keine Quelle in der Umgebung des Hofes geben, daher hatten sie selbst nie danach gesucht.

Stolz blieb Josef vor dem mit frischem Quellwasser gefüllten Loch sitzen. Kurz nachdem der Hahn gekräht hatte, war es so weit, der Bauer kam heraus.

Josef, was tust du denn hier draußen?

Erst als er seinen Stier schon fast erreicht hatte, sah er das Wasserloch. Ungläubig und mit offenem Mund betrachtete er dieses.

Ein Wunder! Josef, hast du das Wasser gefunden? Du bist ein Wunderstier! Der sonst so emotionslose Hofherr hatte plötzlich feuchte Augen. *Du hast uns gerettet! Ich werde sofort in die Kirche gehen und zwölf Kerzen anzünden. Zum Dank sollen du, lieber Josef, und alle Rinder auf diesem Hof etwas ganz Besonderes sein, sobald der Vollmond wie letzte Nacht unseren Hof erleuchtet.*

Seit diesem Tag können wir Kühe, Kälber und Stiere in jeder Vollmondnacht in der menschlichen Sprache reden."

Mit großen Augen hatten die beiden Kälber Ringos Geschichte gelauscht. „Das war eine schöne Geschichte. Und jetzt zeig ich Biene, dass ich doch schneller bin." Schon sprang Maya auf und stürmte davon, Biene hinterher.

Schmunzelnd blickte Ringo den beiden nach. Er konnte es kaum glauben, dass auch er einmal so ein kleines Kälbchen gewesen war.

Als Maria am nächsten Morgen zum Melken kam, war es wieder still und ruhig im Kuhstall.

Markus Erhorn wurde 1989 in Dachau geboren, dort lebt und arbeitet er auch. Bisher hat er sechs Kurzgeschichten in Papierfresserchens MTM-Verlag veröffentlicht.

Auf dem Einhorn ins Traumland

Die Schwärze der nächtlichen Ruhe beruhigte meine Seele. Mein Geist driftete in das Reich der Träume ab, bis mich eine dumpfe Stimme beschwor, die nach und nach durch mein dämmerndes Dahingleiten drang.

„Träume sind es, die uns beflügeln, die unsere Fantasie zum Leben erwecken. In Träumen ist alles möglich. Alleine unsere Vorstellungskraft begrenzt, was unser Geist zu schaffen vermag. Träume geben uns Kraft, sie lassen uns Hoffnung schöpfen. Sie geben uns Ziele und zeigen uns unsere inneren Ängste und Wünsche. Sie sind wir und wir sind sie. Wenn wir aufhören zu träumen, hören wir auch auf, auf unser Innerstes zu hören.“

Noch war die Geborgenheit zu verlockend, um aus den Tiefen des Schlafes gar zu weit aufzutauchen. Doch die Stimme war unermüdlich.

„Wenn wir träumen, wird Fantastisches real und Reales fantastisch! Wir sind frei, zu tun und zu lassen, was wir wollen. Willst du frei sein?“, fragte sie unvermittelt.

Freiheit klang für mich gut, die Vorstellung erregte meine Aufmerksamkeit und stand in krassem Gegensatz zu den Pflichten, die mir auferlegt waren, und den vorgefertigten Meinungen, die andere von mir hatten. Egal, ob Lehrer, Mitschüler, Kollegen, Verwandte. Sie alle zerrten an einem Teil von mir, dem sie eine beliebige Richtung geben wollten. Indes bemerkte scheinbar nur ich, dass all diese Teile ein großes Ganzes bildeten und nicht zerrissen werden wollten.

„Wenn wir träumen, erleben wir die Welt in einer Dimension, die hinter den Dingen liegt, die dem menschlichen Auge verborgen bleibt. Nicht jedoch dem inneren Auge“, flüsterte mir die Stimme zu. Dann verstummte sie.

Schlagartig schlug ich die Lider auf. Dunkelheit umfing mich. Ich lag noch immer in meinem Bett. Eigenartig und doch gewohnt. Aber was hatte ich erwartet? Es war nur ein Traum, sagte ich mir.

Da sprach die Stimme weiter: „Wer sagt, dass Träume mit Anbruch des Tages verblassen, mag recht behalten, auch wenn es nicht immer so ist."

Nun war ich hellwach und machte mir langsam Sorgen. „Wer bist du?", kam es mir über die Lippen.

Urplötzlich erstrahlte ein gleißendes Licht, das sich ausbreitete und die nachtschwarze Umgebung verschlang. Dann klang das blendende Hell ab und ließ mich im ersten Moment sprachlos zurück. Vor meinem Bett stand ein silbernes Einhorn mit geschwungenen Flügeln, hinter dem ein bunter Tunnel in die Ferne führte.

„Steig auf und ich nehme dich mit auf eine Reise der Fantasie, der absoluten Freiheit. Oder schick mich für immer fort", sprach es mit der mir bekannten Stimme.

Ich war versucht, mich zu kneifen. Gleichzeitig siegte meine Neugier. Außerdem: Im eigenen Traum hatte ich nichts zu befürchten, oder?

Bedächtig erhob ich mich. Das Einhorn ging in die Knie. Ungelenk hievte ich mich auf seinen Rücken und umfasste fest den muskulösen, weichen Hals.

„Gut festhalten", knurrte es und setzte sich in Bewegung, auf das Licht zu. Ich sah nur noch flackernde Reflexe und kniff die Augen zusammen.

Als ich spürte, dass die Bewegungen langsamer wurden, hob ich die Lider und erblickte eine Landschaft, die mit meinem Zimmer nichts gemein hatte: Worte schwebten durch den schattigen Raum. Fenster dazwischen verhießen ein Eintauchen in unzählige Welten. Die Gesetze von Raum und Zeit waren aus den Angeln gehoben. Goldene Schemen kämpften miteinander. Gegenstandslose Tiere schlängelten sich, tanzten und rannten, in ein Versteckspiel verwickelt, umher.

„Wo sind wir hier?", flüsterte ich.

„Es ist die Summe dessen, was du erreicht hast, was du erreichen könntest, und auch einiges, was du vermutlich nie erreichen wirst."

„Warum sind wir hier?", fragte ich mutiger.

„Weil du heute Nacht die Chance hast, Dinge zu verstehen, zu sehen und zu entdecken. Sieh dir die Fenster gut an und sag mir, welches du näher betrachten möchtest. Aber sei gewarnt, dass du nichts vergessen wirst, wenn du aufwachst." Mit diesen Worten ging das Einhorn ein zweites Mal in die Knie und ich stieg wackelig ab.

Vorsichtig bewegte ich mich auf das nächst gelegene Fenster zu. Ich konnte mein Klassenzimmer dahinter erkennen. Candis, die Klassenzicke, zog Anne, die Kluge, auf. Nein, das wollte ich mir nicht ansehen. Ich ging weiter.

Das nächste Fenster zeigte unser Wohnzimmer. Noch bevor ich genauer hinsah, ahnte ich, dass sie stritten. Mein Herz zog sich zusammen. Ich verstand es einfach nicht. Würde es nie verstehen. Kopfschüttelnd bewegte ich mich fort von der Szene, hin zum nächsten Fenster.

Dort sah ich den Buchladen, in dem ich gelegentlich jobbte. Die vielen Bücher in den Regalen verströmten einen ganz besonderen Geruch. Ein jedes hatte seine eigene Geschichte. Sie waren meine Möglichkeit, ferne Länder zu bereisen und mit einer Vielzahl von Menschen in Kontakt zu treten. Mit Büchern konnte ich kein Gespräch führen, aber ich konnte ihnen zuhören und sie vor allem zuschlagen, wenn ich genug von ihnen hatte. Gebannt beugte ich mich dem Fenster entgegen.

„Nur Mut", hörte ich das Einhorn flüstern.

Und so beugte ich mich so weit vor, dass ich die schlanke Gestalt hinter dem Ausgabetresen sehen konnte: meine Chefin. Sie hielt ein Schreiben in der Hand, ihre Finger zitterten.

„Was hat sie?", murmelte ich, obwohl ich es ahnte. Trotz unserer Stammkunden, die sich Inspiration holten und gerne Beratung suchten, kamen nur selten völlig Unbekannte durch die Tür. Sie hielt vermutlich eine Rechnung in der Hand.

„Gibt es etwas, das ich tun kann?", fragte ich das Einhorn, das mir nun direkt gegenüberstand.

„Einiges können selbst die besten Wünsche nicht ändern. Sieh, verstehe und lerne." Damit trottete es zu einem Fenster mit antikem Rahmen.

Eine Maus huschte vorbei, als ich mich ebenfalls langsam darauf zubewegte. Was mochte dahinter verborgen sein?

Gespannt, aber unsicher schaute ich auf die Szene, die sich mir bot. Da waren meine Großeltern. Sie saßen in einem Strandkorb auf einer Düne. Lächelnd reichte Opa Oma eine Flasche. Ich stand da und starrte. Ich wusste, was ich sah, war nicht real, doch wollte ich in dieser Sekunde, dass es real war. Ich wollte vor diesem Strandkorb stehen und mich von Opa umarmen lassen, so wie er es damals im Urlaub getan hatte. Ich wollte ... sie noch einmal sehen. Noch einmal mit ihnen sprechen. Zwei Jahre war es nun schon her und eigentlich hatte ich sie fast vergessen. Bis heute.

Ich schaute auf. Noch immer standen wir vor dem Fenster, im dämmrigen Licht zwischen unzähligen weiteren. Was auch immer sie zeigen mochten, ich wollte es nicht mehr wissen.

Das Einhorn an meiner Seite senkte den Kopf, die silberne Mähne fiel ihm über die dunklen Augen. „Sei dir gewiss, dass deine Entscheidung immer einen Unterschied machen wird. Versprich mir, dass du über die Bedeutung dessen, was du gesehen hast, was du gefühlt hast, nachdenkst, dann bringe ich dich zurück."

Etwas an seiner eindringlichen Stimme ließ mich nicken. Ob nun Traum oder Realität, all diese Erinnerungen, diese Fenster, was auch immer sie waren, hatten meinen Blick geschärft. Den Blick für das Glück im Leben.

Wortlos beugte das Einhorn wieder seine Knie, ich stieg auf und vor uns öffnete sich der bunte Tunnel. Erneut verschlang uns das Licht am Ende des Regenbogens.

„Leb wohl", hörte ich die Stimme sagen, bevor ich mit einem Luftschnappen zu mir kam.

Ich ertastete mein Bettzeug, die Matratze. Das Zimmer war dunkel. Die Umgebung ruhig. Aber ich, ich war eine andere, denn ich war auf einem Einhorn ins Traumland geritten.

Isabel Kritzer wurde 1993 in Deutschland geboren und entdeckte schon früh die Faszination von Wort und Bild. Zum Abitur 2012 erhielt sie den Südwestmetall Schulpreis in Ökonomie für herausragende Leistungen. Es folgte ein mit dem Bachelor of Science abgeschlossenes BWL-Studium. Ihr erster Roman „365 - Wenn die Masken fallen" ist bei Papierfresserchens MTM Verlag erschienen

Das Schaf Elfe und Falschzebra, das ein Richtigzebra war

Die Nacht, in der Elfe geboren wurde, war pechschwarz. Man konnte nichts sehen.

Am nächsten Morgen entfuhr Mamuschka ein „Oh", als sie ihre Tochter erblickte.

„Oh", meinte auch Elfes Bruder Bockl.

„Oje", sagte ihre Schwester Luisa.

Bockl und Luisa begannen zu lachen. Elfe hätte gern mitgelacht, bis Mamuschka den großen Spiegel von der Wand nahm. Mamuschka, Bockl und Luisa, alle drei waren schön weiß und schön wollig. Und mittendrin sie, Elfe, pechschwarz wie die Nacht. Das Tageslicht hatte sie wohl vergessen.

„Ich stricke dir einen schönen weißen, schön wolligen Pullover. Dann siehst du genauso wie wir aus", versprach Mamuschka, aber sie fand nur zitronengelbe Wolle. „Die tut es auch", sagte Mamuschka.

Klapperdiklapp machten die Nadeln.

„Probier ihn an", forderte Mamuschka sie auf.

Elfe zog sich den zitronengelben Pullover über den Kopf. Schön warm, schön wollig-mollig und zitronengelb.

„Gelbschaf", schrie Bockl.

„Zitrone, Limone", kreischte Luisa.

„Ruhe jetzt!", sagte Mamuschka. „Sie heißt Elfe. Und nun Stillzeit!"

So still war es jedoch auch wieder nicht. Bockl schmatzte beim Trinken. Luisa röchelte. Saugen war anstrengend. Elfe nuckelte an Mamuschkas Zitze, vorsichtig, damit sie den neuen Pullover nicht bekleckerte. Doch es klappte nicht. Ein großer weißer Klecks landete auf dem zitronengelben Pullover!

„Oje", sagte Mamuschka.

„Kleckerelfe", schrie Luisa.

„Elfenschwein", rief Bockl.

Als Mamuschka ihre drei Lämmer nach draußen auf die grüne Wiese führte, kamen die Schweine neugierig herangaloppiert. „Pullilamm, Krempelkram", trällerten sie.

Ganz genau wusste Elfe nicht, was Krempelkram bedeutete. Aber Krempelkram, glaubte Elfe, würde dienstags von der Müllabfuhr abgeholt.

Als am nächsten Dienstag der Müllwagen in die Einfahrt einbog, versteckte sich Elfe. Man konnte nie wissen. Zum Glück fuhren die Müllmänner ab, ohne sie mitgenommen zu haben.

Am liebsten waren Elfe die pechschwarzen Nächte. Sie schlief in ihrem zitronengelben, schön molligen-wolligen Pullover und niemand schrie: „Zitrone, Limone."

Doch tagsüber riefen Luisa, Bockl und die Schweine dummes Zeug hinter Elfe her. Sie ließen sie außerdem nicht mitspielen. Nur Flummibälle durfte sie ab und zu im hohen Gras oder unter der alten Kommode suchen und zurückbringen. Davon bekam ihr Pullover einen Gras und einen Staubfleck.

„Dreckschwein, gar nicht fein", schrien die Schweine.

„Elfenfleck, geht nicht weg", riefen Bockl und Luisa im Chor.

„Ich habe einen bunt gefleckten Pullover", dachte Elfe. „Schön zitronengelb, schön weiß, schön grün, schön grau."

Eines Nachmittags, als Elfe an Kleeblüten knabberte, stand plötzlich der Storch vor ihr auf einem Bein. Elfe machte sich kleiner als klein. Man konnte ja nie wissen. *Klöpperdikläpperdiklüpperdiklapp* klapperte der Storch und lachte.

Und plötzlich kicherten auch die Krähen auf dem Ahornbaum.

Sogar der Maulwurf stellte seine Schaufel ab und wischte sich die Lachtränen von den Maulwurfbacken.

Und der Fuchs, der aus dem Wald geschlichen war, rollte laut prustend durch das Gras.

Mit einem Mal hatte Elfe die Nase voll. Man konnte ja nie wissen, wer noch alles herbeigekrochen, herbeigeflogen, herbeigaloppiert oder herbeigeschlichen kam, um über sie zu lachen.

„Elfenfleck, geht jetzt weg", flüsterte Elfe.

Als das Abendlicht herankroch, lief Elfe die Einfahrt hinunter auf der Suche nach einem Fleckchen Erde, wo nicht über schwarze Schafe in zitronengelben, bunt gefleckten Pullovern gelacht wurde. Irgendwo musste es dieses Fleckchen Erde doch geben.

Im Wald hatte sich die Dämmerung schon breitgemacht. Zum Glück sah Elfe in der Ferne ein Licht. Das musste das Tageslicht sein, das hier im finstersten Waldwinkel übernachtete, bis es sich morgens den Schlaf aus den Augen rieb. Wenn Elfe es freundlich bat, würde das Tageslicht vielleicht sofort aufwachen, um ihr den Weg zu zeigen. Vielleicht lachte es aber auch und schrie dummes Zeug hinter ihr her. Man konnte nie wissen.

Leise näherte sich Elfe dem Licht. Unter einer Tanne saß ein leuchtend weißes Tier, das den Kopf hängen ließ und schluchzte. Über und über war sein weißes Fell mit kleinen schwarzen Punkten übersät.

„Warum schluchzt du?", fragte Elfe.

Das Tier schluckaufte dreimal. „Weil ich kein Zebra und doch ein Zebra bin."

Kein und doch ein? Elfe verstand nicht.

„Aber du bist doch schwarz und weiß."

„Aber ohne Streifen. Deshalb heiße ich Falschzebra. Die Streifen sind bei mir Punkte, alle im Zoo lachen mich deshalb aus und schreien dummes Zeug hinter mir her."

Schnell sagte Elfe: „Hier sind wir in Sicherheit."

Falschzebra legte den Arm um das Schaf. So falsch fand Elfe Falschzebra nicht. Eine ganze Zeit lang saßen sie still zusammen. Es musste wohl Stillzeit sein.

„Strickst du mir einen schwarz-weiß gestreiften Pullover? Oder einen weiß-schwarz gestreiften?"

„Klar", versprach Elfe.

Selbst im finstersten Wald wachte irgendwann das Tageslicht auf. Elfe und Falschzebra machten sich auf. Unterwegs aßen sie Blaubeeren und Himbeeren gegen den Hunger. Natürlich bekleckerte Elfe sich. Jetzt hatte der zitronengelbe Pullover auch noch einen blauen und roten Klecks.

Nachdem sie den Wald hinter sich gelassen hatten, kamen sie an einer Kleinstadt vorbei. Auf dem Markt gab es einen Wollestand.

Elfe und Falschzebra standen vor den dicken Knäueln, schwarz und weiß oder weiß und schwarz, aber sie hatten kein Geld dabei. Falschzebra schluckaufte wieder. Elfe nahm allen Mut zusammen und sprach den Mann hinter dem Wollestand an. Sie erzählte ihm die ganze Geschichte.

Der Mann lachte, aber es war ein anderes Lachen als das, welches die beiden Freunde kannten. Es tat nirgendwo weh. Sie waren wohl dem ersehnten Fleckchen Erde schon etwas näher gekommen.

Der Mann schenkte Elfe und Falschzebra zwei dicke Knäuel. Schön weiß, schön schwarz oder umgekehrt, schön wollig-mollig. Jetzt brauchten sie nur noch Stricknadeln.

Im Moselbachpark fand Falschzebra zwei Stöcke. Elfe setzte sich auf eine Bank und *klapperdiklapp* begann sie zu stricken. Falschzebra rutschte, als die Strickerei ihm zu langweilig wurde, auf dem Spielplatz die Rutsche hinunter. Zehnmal, zwanzigmal, hundertmal. Immer bekam er beim Rutschen einen Schluckauf.

„Fertig", rief Elfe und hielt den riesengroßen, schwarz-weiß gestreiften oder weiß-schwarz gestreiften Pullover in den Wind.

Falschzebra probierte ihn sofort an. Der Pullover passte fellgenau. Falschzebra war glücklich. Er warf sich ins Gras und rollte herum. *Zack* bekam der neue Pullover einen Grasklecks und Falschzebra einen Schluckauf.

In ihren bekleckerten Pullovern wanderten Elfe und Falschzebra weiter. Beide schwitzten in der Sonne. Das musste man aushalten, wenn man so sein wollte.

Nach einer Stunde kamen sie an einer Einfahrt vorbei.

„Oh", sagte Mamuschka, die vor dem Stall stand und sich die Augen ausschaute.

„Oh", schrien Bockl und Luisa und unterbrachen ihr Flummi-ballspiel. Sie kreischten begeistert: „Ein richtiges Zebra!"

Dann spielten sie alle zusammen Flummiball. Richtigzebra schoss nach drei Minuten das erste Tor.

Alle lachten ein Lachen, das nirgendwo wehtat.

Dummes Zeug rief niemand mehr, obwohl eine der Jungkrähen es versuchte: „Zebratier, was willst du hier?"

Aber die anderen Krähen hackten nach der Spötterin. Diese ließ die Flügel hängen und hielt ihren Schnabel.

Elfe und Richtigzebra hatten ihr Fleckchen Erde endlich gefunden. Und alles nur wegen der neuen Pullover. Schön bunt gefleckt, schön zitronengelb, schön schwarz-weiß gestreift oder umgekehrt, schön wollig-mollig.

Gudrun Güth: *Arbeitsgebiete: Prosa, Lyrik, Kinderliteratur; Veröffentlichungen in Literaturzeitschriften und Anthologien; ein Kinderbuch, einen Krimi veröffentlicht und mehrere Literaturpreise. Ihre Hobbys: Lesen, Hunde, Wandern, Schreibförderung für Kinder.*

Lalinchens tiefer Fall

Lalinchen, die schon fast erwachsene Paradiesfee, spazierte summend und tänzelnd durch den Traumgarten. Sie schnupperte mal hier, kostete von den vor ihr erscheinenden Früchten, streichelte über die Büsche am Wegrand und ließ sich freudig taumelnd die Sonne auf die Nasenspitze scheinen. Am Ende des Weges pflückte sie arglos eine Art Sonnenblume für ihre Mutter und drei ihr unbekannte Blümchen, um sie ihren Schwestern zu schenken.

Doch als sie vor dem Tor des Schlosses stand, erwartete sie bereits ihr furchtbar erzürnter Vater. Er war der mächtigste Zauberer weit und breit. Sie wollte ihm freudig ihre Blümchen zeigen, aber er warf sie, ohne lange etwas zu erklären, aus seinem Reich.

Sie verlor den Boden unter ihren Füßen und fiel in eine fast endlose Tiefe. Vor den Augen von vier Schmetterlingen und einer sich verbergenden Maus stoppte eine Hand, die mit Gräsern bewachsen war, ihren Fall, um sogleich, noch bevor Lalinchen sich besinnen konnte, in ein Meer abzutauchen.

Lalinchen ging unter, sie strampelte, um nach oben zu gelangen und Luft zu holen, doch sie ging wieder unter.

Ein zweites Mal rang sie nach Luft, sie glaubte zu ertrinken.

Ein drittes Mal, doch plötzlich spürte sie, dass sie auf einmal unter Wasser atmen konnte, ihr waren Kiemen gewachsen.

Völlig verwirrt ergab sie sich dem Geschehen, sie sank in eine ihr unbekannte tiefe Welt und blieb auf dem Boden liegen. Zuerst war es nur dunkel, nach und nach gewöhnten sich ihre Augen an die Lichtverhältnisse und es offenbarte sich ihr ein bunter Garten voll unbekanntem Leben.

Lalinchen setzte sich fassungslos und sehr betrübt auf. Was war nur geschehen? Noch nie in ihrem Leben hatte es irgendein Leid für sie gegeben, in ihrem Zuhause war sie sorglos und ohne Argwohn gewesen, nie hatte sie jemandem etwas Böses gewollt. Sie verspürte einen beklemmenden Schmerz in ihrem Herzen, was war bloß mit ihrem Vater los? Er war doch noch nie zornig gewesen.

Noch etwas benommen raffte sich Lalinchen nach längerer Zeit hoch und erkundete die neue Umgebung.

Prompt fiel ihr etwas Zappelndes ins Auge. Ein Tiefseeeinhorn steckte mit seinem Horn in einer Koralle fest. Lalinchen erkannte die Situation und näherte sich vorsichtig dem fremden Wesen. Das Tiefseeeinhorn wieherte kläglich. Die Paradiesfee wollte dem Tierchen helfen und versuchte es zunächst mit Ziehen.

Als sie sah, dass alles nichts nützte, wandte sie einen Zauber an. Sie zeichnete mit beiden Händen einen großen Kreis ins Wasser und sprach dazu eine Formel. Es funkelte um sie herum und sogleich wurde die Koralle für kurze Zeit ganz weich. Das Einhorn konnte somit mühelos herausgezogen werden.

Das gerettete Tierchen wich zuerst ein Stück nach hinten, doch als es merkte, dass Lalinchen ihm geholfen hatte, kam es zurück, bedankte sich und stellte sich mit dem Namen Felix vor.

Lalinchen schilderte ihm nun Hilfe suchend ihre eigene missliche Lage. Felix führte sie daraufhin zu einem uralten, weisen Luftsprudel, vielleicht wusste er, wie ihr geholfen werden konnte.

In der Nähe des Sprudels blubberte und gurgelte es und das Wasser wurde immer wärmer. Der weise Luftsprudel wusste vorerst ebenfalls keinen Rat, aber er gab ihr den Tipp, sich an Land zu erkundigen, vielleicht konnte sie dort mehr erfahren. Er würde sich in der Zwischenzeit informieren, ob es Hilfe gäbe.

Sie durfte sich mit dem sprudelnden Wasser nach oben treiben lassen. An der Oberfläche hob sie die Grashand an Land und setzte sie ab. Felix winkte ihr von Weitem zum Abschied zu.

Erneut waren die Maus in ihrem Versteck und die vier Schmetterlinge Zeugen dieses unerklärlichen Geschehens.

Lalinchen machte sich auf den Weg. Als die Sonne unterging, traf sie an einem Waldrand zwei arme, verschmutzte und schüchterne Kinder. Sie gesellte sich zu ihnen.

Als sie sich etwas zu essen zauberte, wurden die Gesichter der Kleinen neugierig. Lalinchen gab ihnen von ihrem Essen ab. Da erzählten sie ihr, dass sie auf der Flucht seien und dabei ihre Eltern verloren hätten. Und bei den Menschen in der Stadt hinter dem Wald fänden sie keine Bleibe.

Lalinchen half ihnen gerne. Sie zeichnete mit beiden Händen riesige Kreise in die Luft und sprach dabei eine Formel. Es funkelte und blitzte um sie herum und schon erschien ein Kästchen. In ihm war alles, was man zum Leben brauchte: Kleidung, Essen und in der Nacht konnten die Kinder hineinschlüpfen, damit sie ein Dach über dem Kopf hatten. Die beiden waren sprachlos vor Glück, nun mussten sie keine Anfeindungen anderer Menschen mehr fürchten. Sie bedankten sich überschwänglich bei Lalinchen.

Die Paradiesfee wollte weiter in die Stadt hinter dem Wald, in dem sie hoch oben in einem Baum jemanden entdeckte, der dort gefesselt war. Weil sie merkte, dass sie zu klein war, um ihn zu erreichen, benutzte sie erneut einen Zauberspruch, um zu dem Gefangenen zu gelangen. Nachdem sie die Fesseln gelöst hatte, hielt sie den Mann gut fest, um ihn sanft auf den Boden zu bringen. Er sah, dass sich dieses liebliche Geschöpf rührend um ihn kümmerte. So kamen sie ins Gespräch und beschlossen, gemeinsam nach einer Lösung für Lalinchens Problem zu suchen.

Im Schutze der Dunkelheit wagten sie sich an den Rand der Stadt. Dort saß ein bettelndes Paar. Lalinchen und ihr Gefährte erbarmten sich der beiden und setzten sich zu ihnen. Die Bettler waren ebenfalls auf der Flucht und es stellte sich heraus, dass sie Verwandte der zwei Kinder im Wald waren. Lalinchen und ihr Begleiter schafften es, die vier wiederzuvereinen.

Was es mit ihrem eigenen Schicksal auf sich hatte, wusste Lalinchen aber immer noch nicht.

Der Schutz und die Nähe ihres Weggefährten, dessen Name Arminius war, wurden Lalinchen immer angenehmer, und weil dies auf Gegenseitigkeit beruhte, wurde daraus Liebe. Diese wurde immer inniger und löste durch ihre Kraft allmählich den Bann, der auf Lalinchen lag. Sie spürte, dass sie zu dem Sprudel zurückkehren musste, wenn sie erfahren wollte, was es mit den eigenartigen Geschehnissen auf sich hatte.

Felix erwartete sie bereits. Sie sprang ins Nass und tauchte mit ihrem Freund in die Tiefe hinab. Die vier Schmetterlinge und das verborgene Mäuschen waren abermals stille Zeugen des Geschehens.

Der Sprudel begrüßte sie hocherfreut mit einem angenehmen Blubbern als Prinzessin ihrer Wunderwelt. Nun konnte er Lalinchen erklären, was es mit ihrem tiefen Fallen auf sich hatte. Sie hatte aus Unwissenheit die drei lilienartigen, rehäugigen Schmetterlingsblumen gepflückt, was zur Folge gehabt hatte, dass sie einen bösen Zauber in Gang gesetzt hatte, der ihre drei Schwestern zu Schmetterlingen verwandelt hatte. Auch ihre Mutter war in diesen Bann geraten, weil sie gerade eine der Schwestern berührt hatte, und zwar indem sie ihr mit dem Kamm durch das Haar fuhr.

Der Vater war ebenfalls verwandelt worden, nämlich in eine Maus. Er hatte nichts verraten dürfen und so streng sein müssen, ansonsten hätte seine Tochter den Zauber niemals mehr brechen können.

Mit jeder guten Tat war ein Teil des Banns gelöst worden und die Liebe hatte diesen Zauber vollendet.

Die Zauberprinzessin begriff nur langsam, was sie da hörte. Sie hatte ihre Schwestern verzaubert und nun sollten sie wieder erlöst sein?

Sie bedankte sich bei dem Sprudel und machte sich mit Felix auf den Weg zurück an die Oberfläche. Und siehe da, alle waren anwesend.

Wieder hob sie die Grashand heraus und überglücklich stürzte sich Lalinchen in die Umarmungen ihrer Familie und ihres Geliebten.

Mithilfe der Grashand wurden sie gemeinsam in ihre Wunderwelt zurückgehoben, wo sie bis an ihr Lebensende glücklich und zufrieden lebten.

Eva Prinz wurde 1968 geboren. Sie ist verheiratet und hat drei Kinder. Als abendliche Freizeitbeschäftigung lässt die Landwirtin ihrer Fantasie gern freien Lauf und bringt sie zu Papier.

Der Elfengoldbaum

Es war einmal vor langer, langer Zeit. Alle Lebewesen dieser Erde lebten in Frieden und Harmonie miteinander und im Königreich Leander, dem Land der grenzenlosen Farben, lebte es sich ganz besonders schön. Das farbenfrohe Land lag am Rande des Elfenwaldes, und wenn man von dort über den Sternenpfad immer geradeaus lief, konnte man es nicht verfehlen. Begleitet von einem leisen Wispern rechts und links des Weges, erreichte man eine Landschaft, die in so viele Farben getaucht war, dass man diese kaum zu zählen vermochte, und alle, die es jemals versuchten, gaben irgendwann auf.

An diesem schönen Ort wohnte ein König zusammen mit seiner Königin und der gemeinsamen Tochter Sarabell, in einem bernsteinfarbenen Schloss zwischen wiesenkleegrünen Feldern und einem silberblauen See. Nur wenige Meter von ihnen entfernt lebten die Bewohner Leanders zufrieden in ihren kleinen bunten Häusern, von denen eins schöner war als das andere.

Eines Nachts aber schreckte die Königin aus einem furchtbaren Traum auf. Sie hatte geträumt, dass ihr Mann, der König, vom Pferd fiel und kurz darauf in ihren Armen starb. Voller Sorge bat sie ihn am nächsten Morgen, auf seinen Ausritt zu verzichten, doch er lachte nur und machte sich wie immer auf den Weg. Nicht ahnend, dass aus dem unguten Gefühl seiner Frau kurz darauf bittere Realität werden würde, denn sein Pferd scheute aus unbekannten Gründen und er stürzte in den Tod.

Die Prinzessin verlor von diesem Moment an ihren Frohsinn und die Königin, verzweifelt in ihrem Schmerz, verfluchte tags darauf das Träumen. Nie wieder sollten Träume, weder gute noch schlechte, die Menschen in ihrem Tun beeinflussen oder gar schreckliche Schicksale vorhersagen.

Aus diesem Grund gab es also keine Träume mehr im Königreich Leander.

Anfangs verstand man den Kummer der Königin, denn wer wollte schon etwas Schlimmes träumen, das kurz darauf wahr wurde? Nach einer Weile aber bemerkten die Menschen, dass ihnen etwas fehlte. Etwas, woran sie glauben konnten. Die Geschichten, die es einst zu erzählen gab, wurden weniger und aus dem strahlenden Königreich wurde ein trostloses Land, in dem nicht nur die Nächte dunkel blieben.

Immer häufiger wünschten sich die Menschen die aufregenden Botschaften ihrer Seelen zurück, als eines Tages ein junger Mann in den Ort kam. Sein Name war David und er erzählte von spannenden Reisen durch fremde Länder, von seinen Begegnungen und von all seinen Sehnsüchten, denen Leben eingehaucht wurde, wenn seine Gedanken sich im Schlaf auf Reisen begaben.

Als er vom Fluch der Königin erfuhr, erzählte er die Geschichte vom Elfenbaum, an dem er auf seinem Weg nach Leander vorbeigekommen war. Etwas Geheimnisvolles habe den Baum umgeben, und als er Schatten suchend ein Schläfchen unter den dichten Blättern machte, habe er den schönsten Traum gehabt, den er jemals hätte träumen dürfen. David lachte fröhlich, als er davon sprach, denn in diesem Traum hatte er sich als stattlichen Prinzen gesehen.

Als er jedoch weiter seines Weges gehen wolle, habe ihn eine kleine haselnussbraune Elfe aufgehalten. „Mein Elfenbaum, mein Elfenbaum, er schenkte dir den schönsten Traum. Doch nur wenn mein Blatt zu Gold werden kann, bricht es den schlimmen Bann. So lass mir eine Gabe da, dann wird dein Traum auch wirklich wahr.“

Da er nichts Wertvolles besessen habe, versprach er, so bald wie möglich mit einer Kleinigkeit für die Elfe wiederzukommen, und tatsächlich habe er kurz darauf eine Arbeit in einem nahe gelegenen Tal gefunden. Mit seinem Verdienst ging er zu ihr zurück, um sein Versprechen einzulösen, doch statt seine Silberlinge anzunehmen, sei die Elfe singend auf einem Blatt verschwunden. „Mein Elfenbaum, mein Elfenbaum, er schenkte dir den schönsten Traum. Wenn deine Ehrlichkeit zu Gold werden kann, dann bricht es bald den schlimmen Bann.“ Und das eben noch grüne Blatt habe sich in Gold verwandelt.

Natürlich glaubten alle, dass David sich diese Geschichte nur ausgedacht hätte. Weil er aber so fesselnd erzählen konnte, boten sie ihm an zu bleiben und er wiederum sagte zu, am nächsten Tag mit einem von ihnen über den Sternenpfad bis hin zum Elfenwald zu gehen. Einer der mutigsten Männer im Ort machte sich also mit ihm zusammen auf den Weg und tatsächlich berichtete dieser nach seiner Rückkehr, dass auch ihm ein ganz wunderbarer Traum geschenkt worden war. Nach seinem Ausflug ins Land der Fantasie sei ihm ebenfalls die kleine Elfe erschienen. „Mein Elfenbaum, mein Elfenbaum, er schenkte dir den schönsten Traum. Doch nur wenn mein Blatt zu Gold werden kann, bricht es den schlimmen Bann. So lass mir eine Gabe da, dann wird dein Traum auch wirklich wahr."

Da habe er dem kleinen Wesen erzählt, dass er nichts weiter besäße außer seinem Mut, für den er im ganzen Land bekannt sei, und dass er hatte herausfinden wollen, ob es irgendwo anders auf dieser Welt einen Platz zum Träumen gäbe.

Das schien der Kleinen zu gefallen, denn sie hopste vergnügt und singend auf einem Blatt herum. „Mein Elfenbaum, mein Elfenbaum, er schenkte dir den schönsten Traum. Wenn dein Mut zu Gold werden kann, dann bricht es bald den schlimmen Bann." Und wieder verwandelte sich ein grünes Blatt zu Gold.

Nun erhofften sich auch die anderen Bewohner Leanders ein derartiges Abenteuer, sodass fast jeder von ihnen dem Sternenpfad folgte. Der eine ging mit Zuversicht, ein anderer trug viel Vertrauen im Herzen und jeder von ihnen bekam, was er ersehnte. Manche erzählten von einer Reise ans Meer, andere sahen sich selbst nach einem langen Leben Seite an Seite mit den Liebsten. Sie träumten von Hochzeiten, Kindern und größeren Häusern.

Endlich gab es wieder Hoffnung und nach all den zauberhaften Begebenheiten, die es im Schlaf zu sehen gab, kam die kleine haselnussbraune Elfe herbeigeflogen und bat um eine Gabe. Nun waren die Menschen nicht alle gleich und so wusste jeder etwas anderes von sich zu berichten.

In der Luft tänzelnd suchte sich die Elfe dann etwas aus den Erzählungen heraus. „Mein Elfenbaum, mein Elfenbaum, er schenkte dir den schönsten Traum. Wenn dein Vertrauen zu Gold werden kann, dann bricht es bald den schlimmen Bann."

Und das nächste Blatt verwandelte sich, begleitet von ihrem zauberhaften Gesang, in pures Gold.

Es kamen die strebsamen und bescheidenen, die großen, die kleinen, die alten und die jungen Bewohner Leanders und alle bekamen ihren persönlichen Traum. Klänge über Herzensgüte und Gerechtigkeit drangen kurz darauf in fast jede Ecke des Landes.

Der neue goldene Schein des Elfenbaums strahlte weit über den Sternenpfad hinaus und mit einem Mal sah man wieder Wiesen, deren Gras einen smaragdfarbenen Ton besaß oder moosgrün schimmerte und nicht nur einfach grasgrün vor sich hin wuchs, während der Himmel von Zartgrau bis Kobaltblau mehrmals seine Farben wechselte, um nachts den Mond in eine dunkle, saphirfarbene Decke einzuhüllen. Langsam, so schien es, kamen die Farben zurück nach Leander. Nur die Träume blieben aus.

Also bat die Königin den jungen Mann David zu sich, von dem sie schon so viel Gutes gehört hatte, und versprach ihm die Prinzessin zur Frau, wenn er es schaffte, ihren Fluch ungeschehen zu machen.

David, der sich auf den ersten Blick in Sarabell verliebt hatte, ging also noch einmal, einen Ausweg suchend, in den Wald. Das Wispern am Rande des Sternenpfads schien ihm bedeutungsvoller als sonst. Er sah kleine bunte Elfen, die lustig umherflatterten, und er fand es seltsam, dass ihm das vorher noch nie aufgefallen war.

Beim Elfenbaum angekommen, legte er sich ins weiche Moos direkt unter den Ast, der die letzten zwei grünen Blätter trug, und fiel in einen leichten Schlaf.

Sein Traum war so schön wie beim ersten Mal, und als er wach wurde, hörte er das bekannte Lied: „Mein Elfenbaum, mein Elfenbaum, er schenkte dir den schönsten Traum, doch nur wenn mein Blatt zu Gold werden kann, bricht es den schlimmen Bann." Als er die Elfe flüstern hörte: „So lass mir eine Gabe da, dann wird dein Traum auch wirklich wahr", erkannte er plötzlich die Bedeutung des Zaubergesangs. Es ging offenbar um das moralisch Gute, wertvoll genug für den Tausch gegen einen Traum.

David überlegte ganz genau, mit welcher Gabe er die Elfe erfreuen konnte. War nicht die Liebe die schönste und wertvollste aller Tugenden?

Also erzählte er von der traurigen Prinzessin, die sein Herz im Sturm erobert hatte, die er für immer beschützen wollte.

Augenblicklich hörte er die Elfe singen: „Wenn deine Liebe zu Gold werden kann, dann bricht es bald den schlimmen Bann", und das vorletzte Blatt veränderte sich wie all die anderen zuvor. Gleichzeitig huschte ein anderes Wesen mit rubinroten Flügeln aus den Zweigen heraus und flog zum Sternenpfad. Das Wispern wurde lauter und endlich verstand David das Flüstern. So schnell er konnte, lief er zum Schloss zurück, begleitet von sich langsam öffnenden rubinroten Blüten am Wegesrand.

Er verstand immer besser.

Kurze Zeit später heiratete David seine Prinzessin und sie lebten glücklich bis ans Ende ihrer Zeit.

… und an manchen Tagen erzählte er den Bewohnern von Leander noch einmal die Geschichte vom Elfengoldbaum. Von den spielenden Elfenkindern am Sternenpfad, wie des Königs Pferd scheute und dass jene daraufhin wegen ihrer vermeintlichen Schuld still leidend im Baum am Rande des Elfenwaldes gelebt hätten. Bis zu dem Tag, als die Königin selbst die Tugend der Vergebung gegen das letzte grüne Blatt am Elfenbaum tauschte und die Träume für alle zurück ins Königreich holte.

Corinna Schenk, *1966 geboren, aus Berlin. Zu ihren großen Leidenschaften gehört alles rund ums Schreiben, Fotografieren und Erstellen poetischer Videos. Diverse Veröffentlichungen in verschiedenen Anthologien: www.schreib-engel.de*

Der Honigdrache und die Maus

„Gib acht, dass dich niemand sieht! Wenn dich ein Mensch fangen sollte, werden wir entdeckt und so lange gejagt, bis keiner von uns mehr übrig ist." So hatte die Mutter des kleinen Honigdrachen Dipdadeludum schon oft gepredigt. Trotzdem kümmerte es ihn nur wenig. Fröhlich pfeifend und ausgelassen flog er vor sich hin, drehte ab und zu einen kleinen Salto in der Luft und vertraute darauf, dass sein Äußeres ihn schützen würde. Wie alle anderen Honigdrachen sah er nämlich den Bienen sehr ähnlich. Sein Körper war schwarzgelb gestreift und er war fast genauso klein. Allerdings hatte er einen langen, geraden Rüssel zum Honigsaugen und für Notfälle zum Feuerspeien. Außerdem waren seine Flügel nicht durchsichtig, sondern gestreift wie sein Körper, der etwas länglicher als bei Bienen war. Doch auf den ersten Blick konnte man ihn durchaus mit diesem Insekt verwechseln.

So schwirrte Dipdadeludum sorglos von einer Blüte zur nächsten, als plötzlich ein Schmetterlingsnetz auf ihn niedersauste. Bevor er überhaupt begriff, was geschah, hatte ihn schon eine Hand gepackt und in ein Glas gestopft. Kaum war er dort drin gelandet, sah er ein riesiges Auge auf der anderes Seite des Glases, das ihn sehr genau betrachtete. Dann legte der Mann, zu dem die Hand und das Auge gehörten, das Glas in eine Tasche und machte sich auf den Weg.

Dipdadeludum wurde kräftig durchgeschüttelt. Trotzdem konnte er genug klare Gedanken fassen, um sich fürchterlich über sich selbst zu ärgern, weil er nicht besser aufgepasst hatte. Wieder und wieder klangen ihm die Worte seiner Mutter in den Drachenohren.

Im Haus des Mannes angekommen, nahm dieser ihn aus dem Glas, wobei er ihn fest zwischen seinen Fingern hielt, und musterte den winzigen Drachen sehr genau von allen Seiten. Schließlich tat er Dipdadeludum in eine Pappschachtel mit einem Deckel.

Dort saß dieser nun, schüttelte sich und kratzte sich mit einem Flügel am Kopf. Dann wartete er eine Weile, bis alles ruhig war. Erst als er sich sicher war, dass die Luft rein war, richtete er seinen Rüssel auf die Seitenwand der Schachtel und spie einen dünnen Feuerstrahl. Im Nu entstand dadurch ein verkokeltes Loch, durch das Dipdadeludum ins Freie schlüpften konnte.

Er befand sich in einem großen Raum, der vollgestopft war mit Gläsern, Kartons und seltsamen Geräten. An den Wänden hingen große Glaskästen. Den Inhalt fand Dipdadeludum sehr erschreckend, denn darin befanden sich ordentlich aufgereiht sehr viele Arten von Schmetterlingen und ein paar andere Insekten. Er kam allerdings nicht dazu, sich das genauer anzusehen, denn er hörte Schritte, die sich dem Raum näherten.

Die Fenster waren geschlossen, sodass er keine Möglichkeit hatte zu entkommen. Doch im letzten Moment entdeckte er ein kleines Loch in der Wand und schwirrte schnell hinein.

„Wer bist du denn?", erklang hinter dem Drachen eine brummige Stimme.

Erschrocken drehte er sich um und sah eine alte Maus in der Ecke sitzen. Ihr Fell war schon etwas dünn, bis auf die Barthaare, die dicht und weiß die rosa Nase umrahmten.

„Ich hab dich was gefragt, Jungchen!", wurde die Maus energischer.

„Ich bin ein Honigdrache und heiße Dipdadeludum", antwortete der Drache etwas verlegen und entschuldigte sich sogleich: „Verzeih, aber ich wusste nicht, dass in diesem Loch jemand wohnt."

„Wie war der Name?", hakte die Maus stirnrunzelnd nach.

„Dipdadeludum."

„Ein bisschen lang, findest du nicht?", meinte die Maus deutlich freundlicher. „Ich werde dich einfach Dippi nennen. Setz dich erst mal hin und ruh dich aus. Bist bestimmt ein Opfer des Profis. Ich heiße übrigens Gräuli."

„Wer ist denn der Profi?", wollte Dipdadeludum wissen.

„Das ist die kurze Form von Professor", erklärte Gräuli. „Der Mann, der hier wohnt und alle möglichen kleinen Tiere fängt, ist irgendein Experte für Insekten und so. Du scheinst sogar tatsächlich etwas Besonderes zu sein."

Plötzlich hörten sie ein furchtbares Fluchen und Poltern. Offenbar hatte der Professor bemerkt, dass Dipdadeludum weg war, denn er schimpfte lautstark vor sich hin: „Ich habe gerade alle meine Kollegen angerufen, um dich zu präsentieren! Wo bist du, du kleines Biest? Wie stehe ich jetzt da?" Wütend warf er die leere Schachtel, die Dipdadeludums Gefängnis gewesen war, in eine Ecke und durchsuchte jeden Winkel.

Währenddessen gesellte sich Gräuli zu dem kleinen Honigdrachen und beobachtete mit ihm zusammen durch das Loch, was der Mann dort draußen veranstaltete.

„Hihihi!", kicherte die Maus. „Da kann der dumme Kerl lange suchen. Du bist übrigens nicht der Erste, der sich hier bei mir verkriecht, aber der Profi ist noch nie draufgekommen, hier zu suchen."

„Danke, dass ich mich bei dir verstecken darf", sagte Dipdadeludum erleichtert.

„Keine Ursache, Dippi", antwortete Gräuli. „Ich hab ganz gerne mal Gesellschaft. Morgen früh helfe ich dir zu entkommen, sobald der Profi aus dem Haus gegangen ist. Bis dahin machen wir es uns gemütlich. Möchtest du ein Stückchen Käse?"

„Tut mir leid, etwas Honig wäre mir lieber", gestand der kleine Drache.

„Geht klar. Ich besorg eben welchen", meinte Gräuli und war einen Moment später durch das Loch verschwunden. Es dauerte gar nicht lange, bis die Maus wieder da war, einen mit Honig randvoll gefüllten Fingerhut unter den Arm geklemmt und vollkommen außer Atem. „Kater", keuchte die Maus nur.

Dipdadeludum schwirrte zum Eingang und sah, wie ein großer, getigerter Kater fauchend angewetzt kam. Gerade in dem Moment, in dem dieser seine Schnauze ins Loch drückte, spie der Honigdrache einen schmalen Feuerstrahl und versengte dem Eindringling die Nase. Jaulend flüchtete der Kater.

Gräuli musste fürchterlich kichern. „Das wird ihm noch einige Zeit zu denken geben. Der verfolgt mich schon, so lange ich denken kann, und allmählich bin ich halt nicht mehr der Schnellste."

Der Abend wurde sehr schön für Gräuli und Dippi. Sie lachten, schwatzten und beobachteten ab und zu den Professor, der an seinem Schreibtisch saß und sich die Haare raufte. Es würde schwer für ihn sein, seinen Kollegen zu erklären, wie sich eine so wertvolle, unentdeckte Art einfach in Luft auflösen konnte.

Am nächsten Morgen half Gräuli dem Honigdrachen hinaus. Das war eigentlich ganz einfach, denn der Professor hatte überall Katzenklappen montiert. So brauchte Gräuli diese nur aufhalten, während Dipdadeludum hindurchschlüpfte.

„Besuch mich mal wieder", meinte Gräuli zum Abschied.

„Klar", antwortete Dippi – sehr erfreut, durch sein Abenteuer einen neuen Freund gefunden zu haben.

„Ich besorge auch wieder Honig", versprach Gräuli und musste kichern, als er an den Kater dachte, der jetzt bestimmt davon überzeugt war, dass er Feuer spucken konnte.

Christel Hasse wurde 1964 in Elmshorn in Schleswig-Holstein geboren und lebt auch heute noch dort, weil sie diese Stadt mag und dort ihren Lebensmittelpunkt hat. Eigentlich arbeitet sie in einem Supermarkt als Verkäuferin, doch in ihrer Freizeit liebt sie es, zu schreiben und sich in erfundenen Geschichten geradezu zu vergraben. Das tut sie sowohl als Leseratte wie auch selbst als Schreiberling, am liebsten im Bereich Fantasy. Ihre Bücher kann man im Handel erwerben.

Das Einhorn am Ende des Regenbogens

Es war einmal ein kleines Mädchen namens Luna. Sie wünschte sich nichts sehnlicher, als einmal ein Einhorn zu streicheln. Doch ihre Eltern sagten immer nur: „Luna, Liebes, Einhörner gibt es doch nur im Märchen."

Luna jedoch glaubte weiterhin fest daran, eines Tages einem Einhorn zu begegnen. „Ich zeig es euch: Einhörner gibt es doch!", dachte sie jedes Mal, wenn ihre Eltern wieder versuchten, sie von ihrer Meinung abzubringen.

Eines Tages, es war ein sehr verregneter Tag, ging Luna von der Schule nach Hause. Außer den anderen Kindern, die wie Luna mit pitschnassen Regenjacken und Schirmen durch den strömenden Regen liefen, war weit und breit kein Mensch auf der Straße zu sehen.

„Die haben es gut", dachte Luna jedes Mal, wenn ein Kind hinter einer Haustür verschwand. Ihr Weg war noch etwas länger, denn Luna wohnte mit ihren Eltern in einem abgeschieden gelegenen Haus am Waldrand.

Als Luna an diesem Nachmittag in den Waldweg einbog, der zu ihrem Haus führte, bemerkte sie plötzlich einen hellen Schein, der zwischen den Bäumen aufstieg. „Die Sonne", sagte sie zu sich selbst. „Bestimmt ist gleich irgendwo ein Regenbogen zu sehen."

Luna liebte Regenbögen. Nicht nur weil sie so schön bunt waren, sondern weil sie mal gehört hatte, dass dort, wo der Regenbogen auf die Erde trifft, die Einhörner leben. Manche Leute sagen, am Ende eines Regenbogens läge ein Schatz versteckt, doch Luna glaubte lieber an die erste Möglichkeit. Schon oft war sie einem Regenbogen hinterhergejagt. Doch seinen Anfang oder sein Ende hatte sie nie gefunden. Umso erstaunter war sie, als sie den Regenbogen erblickte, der sich nun direkt vor ihr vom Boden aus in den Himmel erstreckte und dort einen Bogen schlug. Zögernd trat Luna auf den Regenbogen zu und streckte langsam ihre Hand danach aus. Staunend stellte sie fest, dass sie den Regenboden wirklich anfassen konnte. Er fühlte sich an wie ein Topf voller buntem Glitzer. Es kribbelte sogar ein bisschen an ihrer Hand. Da erst bemerkte Luna, dass ein Glitzerschwarm vom Regenbogen aus über ihre Hand und ihren Arm wanderte. Bald schon war ihr ganzer Körper von dem Glitzer umhüllt und Luna fühlte sich unglaublich leicht. Fast, als würde sie schweben.

„So stell ich mir Fliegen vor", dachte sie. Es war ein schönes Gefühl, aber gleichzeitig machte es Luna Angst, als sie merkte, wie sie in dem Glitzerstaub wirklich nach oben schwebte und ihre Füße vom Boden abhoben. So etwas hatte das Mädchen noch nie erlebt.

Plötzlich verwandelte sich der Regenbogen über ihr in eine Treppe, die sich nun vor ihr auftat. Auf ebendieser stand sie kurze Zeit später und die Glitzerwolke um sie herum verschwand. Das schwerelose Gefühl in ihrem Körper jedoch blieb. Luna spürte, wie ihr Herz vor Aufregung raste. Vorsichtig setzte sie ihren Fuß auf die nächste Stufe und stieg langsam die Treppe hinauf.

Oben angekommen traf sie auf ein kleines Männchen. Es war kleiner als Luna selbst, trug einen großen grünen Pullover mit weißen Bündchen und eine gleichfarbige Hose. Auf dem Kopf hatte es einen grünen Hut, unter dem seine spitzen Ohren hervorlugten. Es erinnerte Luna an einen Wichtel, den sie aus verschiedenen Fernsehsendungen zu Weihnachten kannte. „Hallo Luna", begrüßte sie das Männchen und streckte ihr die Hand entgegen.

Luna erschrak. „Wo...woher kennst du ... meinen Namen?", fragte sie erschrocken.

Doch statt eine Antwort zu geben, stellte sich das Männchen vor. „Ich bin Alvin und ich lebe am anderen Ende des Regenbogens im Land der Kobolde und Einhörner."

Luna staunte „Ich habe immer gewusst, dass es Einhörner gibt!", freute sie sich.

„Bist du mutig?", wollte Alvin da wissen „Wenn du dich traust, dann zeige ich dir meine Welt. Es ist ganz einfach, du musst mir nur folgen. Und keine Angst, es tut nicht weh." Mit diesen Worten ging Alvin auf den Bogen des Regenbogens zu, der wieder nach unten führte. Es war nicht die Seite, auf der Luna nach oben gekommen war, sondern die andere.

„Also doch ...", dachte sie.

„Los, komm!", rief da der Kobold, ließ sich auf seinen Popo fallen und schon war er verschwunden.

Ganz langsam ging Luna zu der Stelle, an der Alvin verschwunden war, doch sie sah nichts. Nichts außer einer dicken weißen Schicht, die aussah wie eine Nebelschicht über einem See an einem Wintermorgen. In diese mündete das, was sie von dem Regenbogen noch sehen konnte.

„Hallo? Alvin? Wo bist du?" Doch sie bekam keine Antwort. Zögernd setzte sie sich auf den Regenbogen, schloss die Augen und rutschte. Es fühlte sich wirklich an, als würde Luna auf dem Spielplatz eine Rutsche hinuntersausen, nur dauerte es viel länger.

Als sie sich traute, ihre Augen wieder zu öffnen, sah sie den Regenbogen unter sich wie eine endlose, bunt glitzernde Rutsche. Von der dicken weißen Nebeldecke war nichts mehr zu entdecken. Da erst wurde Luna klar, dass es eine Wolke gewesen war, durch die der Regenbogen seine bunte Bahn gezogen hatte.

Plötzlich konnte sie das Ende der Regenbogenrutsche ausmachen. Sie endete in einer bunten Wolke. Und nun sah sie auch den Kobold Alvin wieder. Er stand neben der Wolke und winkte zu Luna hoch. „Bald hast du es geschafft", rief er ihr fröhlich zu.

Das Ende der Rutsche kam immer näher und mit einem Mal landete Luna auf der bunten Wolke. Alles um sie herum fühlte sich an wie die Zuckerwatte, die sie einmal im Jahr auf der Kirmes von ihrer Oma bekam. Bei dem Gedanken konnte Luna fast den süßen Geschmack auf ihrer Zunge wahrnehmen.

„Komm, ich helfe dir." Alvin streckte ihr die Hand hin.

Luna reichte ihm die ihre und der Kobold half ihr aus der Wolke heraus. „Wow!" Luna drehte sich einmal um sich selbst und bewunderte die wunderbar bunte, glitzernde Welt, in der sie gelandet war. Plötzlich erblickte sie eine Herde Einhörner, die an einem Fluss stand, der sich in den Farben eines Regenbogens durch die grüne Wiese schlängelte.

„Du kannst ruhig zu ihnen gehen, sie tun dir nichts", ermunterte Alvin sie. „Und erschrick dich nicht. Sie können mit dir sprechen."

Langsam ging Luna in Richtung der Einhörner, doch schon nach kurzer Zeit begann sie zu rennen. Bei den Einhörnern angekommen, blieb sie stehen. „Hallo?", fragte sie zögerlich. Sie konnte nicht glauben, dass die Einhörner sie womöglich verstanden. Umso überraschter war sie, als ihr eines der Geschöpfe entgegenblickte.

„Hallo Luna, da bist du ja. Ich heiße Runa, das bedeutet *Zauber*. Ich bin dein Traumeinhorn." Tatsächlich. Das weiße Einhorn mit der Regenbogenmähne und dem pinken Schweif kam Luna wirklich bekannt vor. Sie hatte schon ein paarmal von ihm geträumt.

„Hallo Runa", antwortete sie und ging auf diese zu. Sie streckte ihre Hand aus und streichelte sanft über die bunte Mähne, die sich unglaublich weich anfühlte.

„Steig auf, dann zeig ich dir unsere Welt."

Luna kletterte auf Runas Rücken und diese lief los. Plötzlich bemerkte das Mädchen, dass das Einhorn gar nicht über den Boden lief. Nein, seine Hufe schwebten in der Luft.

„Wir ... wir schweben ...", stotterte Luna erstaunt.

Und so drehten sie Runde um Runde unter dem Ende des Regenbogens.

Nach einiger Zeit blieb Runa stehen und setzte Luna ab. „Schau mal, da vorn direkt neben der Regenbogenwolke, siehst du die Erde? Dort ist eine Kiste vergraben."

„Was ist in der Kiste?", fragte Luna. „Ein Schatz?"

„Kein Gold, wenn du das meinst. Schau doch rein!"

Luna grub ein bisschen Erde zur Seite und eine alte Holzkiste kam zum Vorschein. Schnell hob sie sie heraus und öffnete den Deckel. „Wow, Miniplüscheinhörner!", rief Luna begeistert.

„Such dir eins aus. Du kannst es als Erinnerung mitnehmen. Es können nur Menschen sehen, die wie du an Einhörner glauben."

Noch ehe Luna etwas erwidern konnte, befand sie sich wieder auf dem Waldweg zu ihrem Haus. Lächelnd steckte sie das Plüscheinhorn in ihre Hosentasche und machte sich auf den Weg nach Hause.

***Jana Voßkuhle** ist 21 Jahre alt und lebt im Sauerland. Zurzeit macht sie eine Ausbildung zur Heilerziehungspflegerin. Sie hat schon mehrere Geschichten in Anthologien veröffentlicht.*

Falsche Frösche küsst man nicht!

Nils war ein kleiner, aufgeweckter Junge von gerade mal sechs Jahren und wurde von seinen Eltern mit Liebe und Fürsorge gehegt und gepflegt. Wie alle Eltern fanden sie ihren Sohn einzigartig, hübsch und klug.

Seit ein paar Monaten ging er nun schon in die Schule, wo es ihm eigentlich gut gefiel, wären da nicht seine Mitschüler gewesen, die ihn immer hänselten. Das aber wollte er seinen Eltern nicht erzählen, weil er sich schämte.

Tagsüber mussten seine Eltern arbeiten, aber abends hatten sie Zeit für ihn und vor dem Zubettgehen las die Mama ihm stets Märchen vor. Besonders das Märchen vom Froschkönig gefiel ihm, da die schöne Königstochter darin zwar den hässlichen Frosch küssen musste, sofort danach aber ein wunderschöner Prinz vor ihr stand.

Er selbst fand sich auch hässlich, zumal manche Jungen in der Schule, wenn sie ihn sahen, immer riefen: „Da kommt Nils, unser Feuermelder!" Er hatte nämlich rote Haare, genau wie seine Mama, die sah damit jedoch super aus.

So überlegte er, ob er vielleicht auch einen Frosch küssen sollte, der ihn dann in einen Jungen mit blonden oder schwarzen Haaren verwandeln würde.

„Aber wo soll ich so einen Frosch finden?", fragte er sich. „Vielleicht unten am Fluss auf der großen Wiese. Ich muss es einfach versuchen, obwohl Mama und Papa mir verboten haben, dort allein hinzugehen, weil es für einen kleinen Jungen wie mich einfach zu gefährlich wäre."

Am anderen Abend, nachdem die Mama ihm wieder die Geschichte vom Froschkönig vorgelesen und ihm eine gute Nacht gewünscht hatte, schlich er aus dem Haus. Zum Glück war die Haustür nicht abgeschlossen und er konnte ohne Probleme zum Fluss gelangen. Wie entsetzt aber schaute er, als er entdeckte, dass der Reiher sich gerade über einen Frosch hermachte.

„Das ist mein Frosch, such dir doch einen Fisch, der schmeckt viel besser!", rief er ihm zu. Der Reiher schaute jedoch nur kurz auf, nahm den Frosch in den Schnabel und flog mit ihm fort.

Traurig schaute Nils hinter ihm her und Tränen schossen ihm in die Augen. Er brauchte unbedingt einen Frosch, der ihn in einen Prinzen verwandeln konnte. Natürlich waren da noch jede Menge Frösche, doch sie zu fangen, das war wohl nicht so einfach, denn sie waren ziemlich glitschig und der Gedanke, sie zu küssen, war ebenfalls nicht gerade cool.

Weil er allmählich müde wurde, ging er zurück und huschte ins Haus. Seine Eltern hatten nicht gemerkt, dass er sich aus dem Staub gemacht hatte, und so konnte er schnell in sein Bettchen hüpfen und war ein paar Sekunden später eingeschlafen.

In der Nacht träumte er, wie ein Frosch auf ihn zukam und ausrief: „Nils, komm und küss mich!"

Am anderen Tag in der Schule riefen einige Jungen wieder: „Sieh mal, wer da kommt! Nils, unser Feuermelder!"

Da war er sich ganz sicher, dass er unbedingt noch einmal zum Fluss und der großen Wiese gehen musste, um nach einem Frosch Ausschau zu halten.

Kaum konnte er es daher erwarten, dass es Abend wurde, wollte auch gar kein Märchen hören, nicht einmal den Froschkönig, er wollte nur einen Frosch küssen, der ihn verwandelte.

Endlich hatte die Mama ihm einen Gutenachtkuss gegeben und war gegangen, da sprang er aus dem Bett, ging auf Zehenspitzen die Treppe hinunter und aus dem Haus – die Tür war auch heute nicht abgeschlossen. Dieses Mal war kein Reiher am Fluss, der vor seinen Augen einen Frosch verspeiste, dafür aber hüpften jede Menge Frösche herum. Nils packte einen, setzte ihn sich auf die Hand, nahm sich ein Herz und versuchte, ihn zu küssen, doch das Tier war schneller und hüpfte davon.

Er versuchte es noch einige Male, aber immer geschah das Gleiche: Laut quakend hüpften ihm die Frösche aus der Hand.

Da weinte der Junge ganz herzzerreißend, bis er plötzlich hörte, wie jemand „Nils! Nils!" rief.

Überrascht schaute er auf und sah eine wunderschöne Frau vor sich. „Bist du die Prinzessin aus dem Froschkönig?“, fragte er ganz aufgeregt.

„Nein, ich bin die gute Fee aus Dornröschen. Aber sag mir mal, warum weinst du und wieso bist du ganz allein am Fluss? Das ist viel zu gefährlich und deine Eltern machen sich sicherlich schon Sorgen um dich.“

„Ich wollte doch nur, dass mich ein Frosch in einen Prinzen verwandelt wie im Märchen. Aber immer wieder hüpfen sie mir aus der Hand, ehe ich sie küssen konnte“, entgegnete er schluchzend.

„Aber Nils, in dem Märchen war der Prinz in einen hässlichen Frosch verwandelt, und als die Prinzessin den Frosch küsste, wurde er wieder der schöne Prinz, der er vorher schon gewesen war. Es nützt dir also nichts, Frösche zu küssen, die können dich nicht in einen Prinzen verwandeln. Außerdem bist du ein wirklich hübscher Junge mit wunderschönen roten Haaren!“

„Das ist es ja, ich hasse meine roten Haare und hätte gerne schwarze oder blonde, damit meine Schulkameraden nicht mehr *Da kommt Nils, unser Feuermelder* rufen können.“

Die Fee strich ihm zärtlich über den Kopf und meinte dann: „Schau doch mal hier hinein.“

Damit reichte sie ihm einen Spiegel, der Mond war gerade aufgegangen und so konnte er sehen, was er nicht für möglich gehalten hätte: einen hübschen kleinen Junge mit blonden Haaren!

„Und das soll ich sein?“

„Natürlich, du brauchst also keine falschen Frösche zu küssen, um ein hübscher blonder Junge zu werden.“

„Danke, danke, liebe Fee, du hast mich verzaubert und mich glücklich gemacht.“

Doch da war diese auch schon im Wald verschwunden und Nils rannte, so schnell er konnte, nach Hause, wo seine Eltern schon in heller Aufregung waren, weil sie festgestellt hatten, dass er nicht in seinem Bett lag.

„Nils, Gott sei Dank, wir haben uns solche Sorgen um dich gemacht. Wo warst du?“

„Ich war unten am Fluss, um einen Frosch zu suchen, der mich in einen schönen Prinzen verwandeln sollte wie im Froschkönig. Aber ehe ich einen küssen konnte, hüpften sie mir alle laut quakend aus der Hand. Dann aber kam eine Fee und seht mal, wie toll ich jetzt aussehe!"

„Aber, Nils, für uns sahst du immer toll aus, auch mit roten Haaren, denn das Wichtigste auf der Welt ist nicht das Aussehen, sondern dass man ein guter Mensch ist. Schönheit vergeht, aber ein guter Mensch wird immer ein guter Mensch bleiben. Bitte versprich uns, nie mehr allein zum Fluss zu gehen, weil es einfach zu gefährlich ist."

„Das verspreche ich euch, denn ich habe euch ganz doll lieb!"

Renate Hemsen

Die kleine Prinzessin im Glück

Es war einmal eine wunderschöne Prinzessin mit langen goldenen Haaren. Ihre Haare fielen weit und noch viel weiter hinab, bis auf den Boden. Mit einem bunten Band war ihre goldene Mähne festgebunden, sodass die kleine Prinzessin nicht stolpern konnte. Sie war vier Jahre alt und alle hatten sie richtig lieb und gerne.

Eines Tages, es war Sommer, die Sonne schien und die Blumen dufteten, spielte die Prinzessin im Schlossgarten. Natürlich lebte die kleine Prinzessin auf einem wunderschönen Schloss, wo es zudem viele Tiere gab. Pferde, Hunde, Katzen, Vögel, Hamster, Meerschweinchen und in einem Schlossbrunnen saß sogar ein kleiner Frosch. Es schwammen Goldfische im Schlossteich und es gab Adler und Falken.

Um das Schloss herum war ein kleiner Wald. In diesem spielte die kleine Prinzessin sehr gerne. Genauso wie auf der Blumenwiese, die sich in der Nähe des Schlosses befand.

An diesem wundervollen Sommertag saß die kleine Prinzessin also auf einer Decke inmitten der Sommerwiese und ein Schmetterling setzte sich auf ihre Haare. Eine Strähne ihres langen goldenen Haares hatte sich aus dem Zopf gelöst. Darauf hockte nun der wunderschöne blaue Schmetterling, bewegte seine Flügel und die kleine Prinzessin sah ihn sich ganz genau an. Auf seinen blauen Flügelchen hatte er einen goldenen Punkt, so golden, wie es die Haare der kleinen Prinzessin waren.

„Schmetterling, flieg weiter", forderte sie das Tierchen auf.

Er flatterte noch etwas mit den wundervollen Flügelchen, bevor er sich wieder in die Lüfte erhob. Die kleine Prinzessin sah ihm noch eine Weile nach.

Abends erzählte sie ihren Eltern von dem Schmetterling und Papa König und Mama Königin ließen daraufhin auf der Wiese

Blumen in den Farben Blau und Gold anpflanzen, die die Form eines Schmetterlings besaßen, weil dieser die kleine Prinzessin so glücklich gemacht hatte.

An manchen Sommertagen erinnerten von nun an die Blumen die kleine Prinzessin an ihren schönen Schmetterling und sie war glücklich und freute sich sehr.

Dani Karl-Lorenz: *geboren in einer Kleinstadt in der Oberpfalz (Bayern). Autorin aus Leidenschaft. Malt mit Hingabe. Veröffentlichungen erfolgten in verschiedenen Anthologien unterschiedlicher Verlage und auf ihrer Homepage: www.danilyrik.de.*

Die Beschwerde der Nacht

Als die Erde geschaffen wurde, erfand der Schöpfer den Tag und die Nacht. Beide wechselten sich rhythmisch ab und waren zufrieden damit, wie es war. Wenn der Tag müde war, verbarg er sich im Geheimnis der finsteren Nacht. Mit dem Sonnenuntergang senkte sich fließend das Dunkel auf die Erde nieder. Zuvor leuchtete das Firmament in einem wunderschönen, lichten Blau. Zeitig ging der Abendstern am Himmel auf. Der Mond begann immer stärker zu leuchten, wenn er nicht gerade von Wolken verdeckt war. Bald kamen am dunkler werdenden Himmelszelt unzählige Sterne hinzu, die ihr funkelndes Licht auf die Welt warfen. Alles war friedlich und der Wechsel von Tag zu Nacht und umgekehrt geschah stets im Einklang miteinander.

Wenn es dunkel wurde, gingen Pflanzen, Tiere und Menschen schlafen. Die Finsternis der Nacht breitete sich wie ein schützender Mantel über der Natur aus. Stundenlang wirkte die Nacht gleich. Dennoch war sie es nicht, denn der Mond und die Sterne zogen am Himmel ihre Bahnen. Der Mond stand als sich verändernde Sichel dort oben, bis er mit der Zeit zum Vollmond wurde. Die Vollmondnächte waren heller, als gewöhnliche Nächte es waren.

Irgendwann hatte die Nacht genug von ihrem Auftritt und ließ das Grauen des Morgens zu, mit dem sich der neue Tag Zugang verschaffte. Die Vögel fingen im Morgengrauen zu zwitschern an und begrüßten mit ihren Liedern den neuen Tag. Auch sonst kam das Leben wieder in Gang. Manchmal ging ein romantisches Morgenrot dem Sonnenaufgang voraus, bis allmählich die Morgensonne hinter einem Berggipfel hervorkroch. Sie zeigte sich erst nur zu einem kleinen Teil und war noch ganz rot. Als sie sich immer weiter hervorwagte, fiel ihr erster schräger Sonnenstrahl auf das Land und ließ den frühen Morgen wunderschön leuchten. Die Tautröpfchen der Nacht schimmerten im frühen Sonnenlicht. Gerne spiegelten sich die Sonnenstrahlen im Meer. Ein neuer Tag hatte begonnen. Im Herbst zogen Nebelfeen geheimnisvoll übers Land. Es wurde heller und heller, wenn die Sonne auf ihrer Bahn der Erde viele Sonnenstrahlen schickte. Sie wärmten die Erde und brachten in der Wachstumzeit die Blütenknospen dazu, sich nach der Nacht wundersam zu öffnen.

Alles war in bester Ordnung, bis eines Tages die Nacht auf den Tag neidisch wurde. Sie hatte erkannt, dass sie bei der Schöpfung stundenmäßig einen kleineren Anteil abbekommen hatte, als das beim Tag der Fall war. Es wurde im Sommer reichlich früh hell und am Abend erst spät dunkel, sodass der Tag wesentlich mehr Zeit hatte als sie selbst.

Die Nacht grübelte immer mehr wegen der Unterschiede: Der Tag war bunt, während sie ein rabenschwarzes Kleid vom Schöpfer bekommen hatte. Sie hätte auch gerne über malerische Sonnenuntergänge verfügt. Der Tag war im Gegensatz zu ihr voller Leben. Im Frühling leuchteten die frischgrünen Wiesen und Blätter der Laubbäume, die sich im Herbst bunt färbten. Kinder spielten im Garten. Die Menschen gingen ihrer Arbeit nach oder ließen sich die Sonnenstrahlen auf die Nase scheinen, wenn sie Zeit hatten. Enten schwammen im Teich. Der Bussard zog seine Kreise. Im Garten dufteten bunte Blumen und Bienen flogen auf Nektarsuche summend von Blüte zu Blüte. Kühe und Pferde grasten auf der Weide.

Als die Nacht darüber nachdachte, wurde sie traurig. Manchmal verspürte sie sogar eine Wut auf den Tag, die ihr Bauchgrummeln bescherte. Das Gefühl tat der Nacht nicht gut, weshalb sie zum Schöpfer gehen wollte, um ihm ihr Leid zu klagen. Zuerst fehlte ihr der nötige Mut, um sich zu beschweren. Doch dann raffte sie sich auf und trug dem Schöpfer ihre Sorgen und Nöte vor. Kullertränen rollten dabei über ihr Antlitz. Der Schöpfer hörte sich die Beschwerden ruhig an.

Als die Nacht fertig war, sagte er zu ihr: „Liebe Nacht, glaub nur nicht, dass ich mir nichts dabei gedacht habe, als ich dich erschaffen habe. Du siehst leider nur die Dinge, die sich für dich negativ anfühlen. Hast du schon einmal überlegt, was nur du alles an Schönem hast, wonach sich der Tag bestimmt ab und zu sehnt?“

Die Nacht stand plötzlich wie ertappt vor ihrem Schöpfer. Nein, darüber hatte sie bis jetzt nicht nachgedacht.

Der Schöpfer ließ ihr genügend Zeit, um ihren Gedanken nachzugehen. Als es ihm schließlich zu lange dauerte, fragte er: „Ist dir denn gar nichts eingefallen, was du an dir gut findest?"

„Doch, doch", stammelte die Nacht.

„Und was hast du gefunden?", hakte der Schöpfer nach.

Das Gesicht der Nacht änderte sich schlagartig. Sie sah schon ein wenig glücklicher aus, als sie antwortete: „Ich habe unzählige funkelnde Sterne am Himmelszelt und einen leuchtenden Mond. Im August freuen sich die Menschen über die Sternschnuppen, die es vom nächtlichen Himmel regnet. Manchmal zeigen sich Nordlichter, die den Himmel in wunderschöne Farben tauchen. Auch der Raureif, der die kahlen Bäume schmückt, bildet sich in der Nacht. Erst recht freuen sich die Kinder, wenn sie morgens zum Fenster hinausschauen und sehen, dass es über Nacht geschneit hat. Wenn abends der Schein einer Straßenlaterne auf den Schnee fällt, dann funkelt er noch schöner als am Tag. Und was würden die nachtaktiven Tiere wie Eulen, Fledermäuse, Marder, Iltisse, Biber, Füchse und Wiesel machen, wenn es mich nicht gäbe?

Kinder könnten sich nicht über die Glühwürmchen freuen, die nur nachts zu sehen sind. Die Menschen brauchen mich, damit sie schlafen, träumen und sich vom Tag erholen können. Auch die Natur atmet nachts im Sommer sichtlich auf, wenn es tagsüber sehr heiß war. Was wäre für die Kinder Weihnachten ohne die Kerzenlichter am Christbaum, die nur dann richtig funkeln und strahlen, wenn sie ihr geheimnisvolles Licht der Dunkelheit schenken können? Wäre ich nicht so finster, wie ich bin, könnten die Menschen kein Feuerwerk veranstalten und die Silvesternacht wäre nicht einmal halb so schön. Sie mögen bunte Lichter und ich mag sie auch, wenn ich an die Lichter eines Riesenrades auf dem Volksfest denke. Auch ertappe ich mich immer wieder dabei, dass ich in der Weihnachtszeit gerne in die beleuchteten Fenster der Menschen schaue, wenn sie gemütlich beisammen sitzen und mit ihren Kindern spielen, wofür sie am Tag oft gar keine Zeit haben. Dem Tag ist ein solcher Blick nicht vergönnt, es sei denn, ein Fenster ist gerade vollständig geöffnet."

Der Nacht fielen immer mehr Beispiele ein, die positiv für sie waren und für die allein sie und nicht der Tag einen Rahmen bot.

Abschließend sagte sie: „Mir – und ich glaube auch den Menschen und der Natur – würde etwas fehlen, wenn es mich nicht gäbe."

Als sie ausgesprochen hatte, fragte sie der Schöpfer: „Noch immer unzufrieden, liebe Nacht, nach all dem Schönen und Guten, das dir gerade eingefallen ist und das ich nur dir gegeben habe?"

„Nein!", antwortete die Nacht und seufzte tief.

Der Schöpfer wies sie auf den Bonus hin, den er ihr gegeben hatte, indem er sagte: „Im Winter habe ich bei der Schöpfung dein Regiment um einige Stunden verlängert, damit der vom Sommer müde Tag länger ausschlafen kann. Daran hast du in deiner Aufzählung gar nicht gedacht."

Das stimmte. Die Nacht hatte sich mit einem Sommertag verglichen, was sie jetzt erst erkannte. Reumütig antwortete sie: „Ich will wieder zufrieden sein und bereitwillig den Tag am Abend in meine Obhut nehmen, was er gerne zulässt. Einmal ist das früher, einmal später, je nachdem, welche Jahreszeit gerade ist."

Seitdem ist die Nacht mit ihrem rabenschwarzen Kleid wieder sehr zufrieden.

***Sieglinde Seiler** wurde 1950 in Wolframs-Eschenbach geboren. Sie ist Dipl. Verwaltungswirt (FH) und lebt mit ihrem Ehemann in Crailsheim. Seit ihrer Jugend schreibt sie Gedichte. Später kamen Aphorismen, Märchen und Prosatexte hinzu. Ferner fotografiert sie gerne. Bislang hat sie bereits über 200 Gedichte im Internet und in diversen Anthologien veröffentlicht.*

Flickenliesl

Es war einmal vor vielen, vielen Jahren in einem weit entfernten Land. Der Herrscher dieses Landes war ein mächtiger Sultan, der in einem riesigen, prächtigen Palast lebte. Die Kuppeln, die an allen Seiten in den Himmel ragten, waren aus purem Gold. Und die zahlreichen Säulen waren mit kunstvollen Mustern und Edelsteinen verziert. Die Böden waren aus feinstem Marmor. Der Palast selbst war natürlich ebenso prunkvoll eingerichtet. An den Wänden hingen wertvolle Wandteppiche. In den Gängen standen edle Figuren und in den Gemächern häuften sich die Schätze, die der Sultan von seinen vielen Reisen mitgebracht hatte.

Rings um den Palast gab es nichts als Wüste. Soweit das Auge reichte, sah man nur Sand. Allerdings wehte ständig ein schwacher Wind, weshalb der Palast mit einer feinen Sandschicht bedeckt war. Das gefiel dem eitlen Sultan überhaupt nicht. Schließlich sollten Neuankömmlinge schon von Weitem sein Zuhause erblicken und vor Neid erblassen, weil sie von dessen unermesslicher Schönheit geblendet wurden. Daher ordnete der Sultan an, seinen Palast täglich von oben bis unten gründlich zu reinigen.

Eine seiner Bediensteten, deren Kleid aus verschiedenen Flicken bestand, wurde von jedem nur Flickenliesl genannt. Tagein, tagaus schuftete sie, schrubbte und fegte den Palast. Sie war sehr fleißig und sang gern bei der Arbeit. Der Sultan hingegen war ein sehr launischer Mensch. Oft stapfte er wütend durch den Palast und jeder, der ihm in die Quere kam, bekam sein Wut zu spüren. So warf er regelmäßig Putzlappen nach der Flickenliesl, stieß ihre Wischeimer um oder streute erneut Sand auf die bereits gesäuberten Böden.

Das machte die junge Frau sehr traurig und sie weinte bittere Tränen. An solchen Tagen war der Stallbursche besonders häufig bei ihr und half ihr, die Unordnung zu beseitigen. Er fegte den Sand von den Stufen, holte frisches Wasser und wischte das Schmutzwasser vom Boden auf. Dabei brachte er Flickenliesl oft zum Lachen. Denn er stellte sich überaus tollpatschig an. Zum Beispiel hockte er sich mitten in die Wasserlache, sodass seine Kleider völlig durchnässt wurden. Und auch sonst half er der Flickenliesl, wo es nur ging. So trug er manchmal ihre schweren Wassereimer oder reparierte ihren Besen, denn er war gleichzeitig äußerst geschickt.

Eines Tages scheuerte Flickenliesl gerade den Terrassenboden, als sich etwas darauf bewegte. Sie erschrak zutiefst und zitterte am ganzen Leib. Es war ein durchsichtiger Skorpion, der über den Boden krabbelte. Nachdem sie sich von dem Schreck erholt hatte, wollte sie ihn mit der Scheuerbürste erschlagen.

Sie hatte die Bürste bereits fest umklammert und zum Schlag ausgeholt, als der Skorpion plötzlich zu ihr sprach: „Ich bitte dich, lass mich am Leben. Wenn du mich verschonst, werden dir drei Wünsche gewährt."

Oh, Wünsche hatte Flickenliesl viele. Dennoch blieb sie bei ihrer Wahl bescheiden. „Als Erstes wünsche ich mir ein neues Kleid. Und als Zweites wünsche ich mir Schnee. Ich möchte einmal in meinem Leben Schnee sehen. Mein dritter Wunsch ... nein, das geht nicht. Das ist zu viel verlangt", unterbrach sie sich selbst.

„Das soll nicht deine Sorge sein. Nur zu, was ist dein dritter Wunsch?", sprach der Skorpion.

„Der Sultan soll nicht mehr meine Arbeit zerstören", flüsterte sie.

Eine Weile später fand der Stallbursche sie wie versteinert auf dem Boden sitzend und vor sich hin murmelnd: „Was habe ich bloß getan?"

„Flickenliesl, was ist mit dir?"

„Ich habe einen furchtbaren Fehler gemacht", antwortete sie. „Bestimmt werde ich zum Tode verurteilt."

„Warum? Was ist passiert?"

„Ein Skorpion lief über den Boden und ich habe ihn nicht erschlagen. Wenn der jemanden sticht ..." Sie brach in Tränen aus.

„Fürchte dich nicht, Flickenliesl", versuchte der Stallbursche sie zu beruhigen. „Wie sah er aus? War er schwarz?"

Sie schüttelte den Kopf.

„War er weiß?"

„Nein", schluchzte sie. „Er war durchsichtig."

„Ja, weißt du das denn nicht?", fragte da der Stallbursche, der sehr gescheit war, erstaunt. „Heute ist Weihnachten. Es haben schon viele Leute berichtet, dass ihnen an Weihnachten ein durchsichtiger Skorpion begegnet ist. Wenn sie ihn am Leben ließen, wurden sie mit drei Wünschen belohnt." Und er erzählte Flickenliesl die seltsamsten Begebenheiten.

Trotz allem blieb diese beunruhigt. Schließlich hockte sie immer noch in ihren alten, zerschlissenen Kleidern auf dem Boden.

Am späten Abend fiel sie völlig erschöpft in ihr Bett. Geweckt wurde sie am nächsten Morgen durch ein merkwürdiges Geräusch, begleitet von aufgeregten Stimmen und hektischen Schritten. Sofort huschte sie aus dem Bett und wollte in ihr Kleid schlüpfen. Doch es war nicht da. Stattdessen lag an seinem Platz ein vollkommen neues, wunderschönes Gewand. Vorsichtig streifte sie es über. Es passte wie angegossen. Fasziniert strichen ihre Finger über den feinen Stoff, als es stürmisch an ihrer Tür klopfte.

„Schnell, Flickenliesl!", rief der Stallbursche. „Das musst du dir anschauen."

Rasch folgte sie ihm auf die Terrasse. Dort traute sie ihren Augen nicht. Es sah aus, als hätte jemand ein gewaltiges Mehlfass umgestoßen. Alles um sie herum war weiß!

Von diesem Tag an wurde sie nie mehr das Opfer der Launen des Sultans. Und sie lebte glücklich und zufrieden.

J. Kreisel-Kössler ist 47 Jahre alt und lebt mit ihrer Familie in Sachsen. Neben Kurzgeschichten für Kinder wurden auch Gedichte von ihr in diversen Anthologien veröffentlicht. Zu ihren Hobbys gehört nicht nur das Schreiben, sondern auch das Lesen verschiedener Genres.

Aurelia und die Monsterfische

Die kleine Meerjungfrau Aurelia schwimmt gerade mit ihren Freunden, den Delfinen, durch den Ozean und erzählt ihnen von der Drachengeschichte, die sie sich ausgedacht hat, als Karl zu ihnen stößt. Karl ist ein Kugelfisch, der immer weiß, was gerade los ist im Ozean. Seine Freunde nennen ihn deshalb auch liebevoll Karl, den Klatsch- und Tratschfisch.

Er ist ganz außer Atem und schwimmt hektisch hin und her. „Aurelia!", ruft er. „Aurelia! Aurelia! AURELIA!"

Diese legt lächelnd den Kopf schief. „Hallo Karl. Was ist denn los? Warum bist du so aufgeregt?"

Der Kugelfisch schaut hektisch nach rechts und links, bevor er flüstert: „Habt ihr schon von den Monsterfischen gehört?"

„Monsterfische?", echot Aurelia ungläubig. „Nein." Auch die Delfine schütteln die Köpfe. „Welche Monsterfische?"

„Also, der Freund des Cousins des Halbbruders meines Opas hat gerade beim Flugzeugwrack drei Monsterfische gesehen. Sie sind groß und lang, haben riesige Augen, einen buckligen Rücken und zwei komische Flossen. Aus ihren Mäulern kommen Blubberblasen. Der Freund des Cousins des Halbbruders meines Opas meinte, dass alle vor Angst davongeschwommen sind, weil noch niemand je zuvor diese Monsterfische gesehen hat. Und", Karl holt das erste Mal seit dem Beginn seiner Erzählung Luft, „es haben immer noch alle Angst und keiner traut sich mehr in die Nähe des Wracks."

„Hm", macht Aurelia und überlegt. „Ich frage mich, wo diese Fische herkommen. Vielleicht sind es gar keine Monster, sondern ganz nette Fische, die nur Furcht einflößend aussehen."

Karls Augen werden groß. „Oh nein, Aurelia. Ich kenne diesen Blick. Du wirst dich jetzt nicht in Gefahr begeben! Das ist keines deiner Abenteuer! Wer weiß, wozu diese Monsterfische fähig sind!"

Aurelia lacht. „Ach, Karl. Ich werde ja nicht alleine hingehen. Die Delfine sind genauso neugierig wie ich. Habe ich recht, meine Freunde?“

Die Delfine schauen einander an und nicken zögernd.

„Gut“, sagt Aurelia zufrieden. „Dann auf zum Wrack!“

Karl ist hin- und hergerissen, schließlich folgt er ihnen doch. „Wartet!“, ruft er. „Ich komme mit. Vielleicht braucht ihr Hilfe.“

So schwimmen Aurelia, Karl und die Delfine zum Flugzeugwrack.

Als sie nur noch wenige Meter entfernt sind, dreht sich Aurelia zu ihren Freunden um. „Wartet hier, ich bin gleich wieder da.“

Karl protestiert, doch Aurelia hört ihm nicht zu. Sie ist eine mutige Meerjungfrau und hat keine Angst vor den mysteriösen Monsterfischen. Sie erkennt Blubberblasen auf der anderen Seite des Flugzeugs und schwimmt vorsichtig darauf zu. Sie lugt über das Flugzeugdach und tatsächlich: Da sind die Monsterfische!

Doch Aurelia findet, so riesig und Furcht einflößend sehen sie gar nicht aus. Sie sind sogar eher so groß wie sie selbst. Eigentlich sehen sie nicht einmal wie richtige Fische aus.

„Hallo!“, ruft sie, aber die komischen Wesen reagieren nicht. „HALLO!“, versucht sie es noch einmal.

Als die Fische sie immer noch nicht bemerken, klopft sie auf das Dach des Flugzeugs. Endlich heben die Gestalten ihre Köpfe. Aurelia winkt. Die Fische sehen sehr überrascht aus.

„Wie heißt ihr?“, fragt Aurelia. Das größte der Wesen deutet auf sein rechtes Ohr und schüttelt den Kopf. „Oh!“, entfährt es Aurelia. „Ihr könnt mich nicht hören.“ Ihr Blick fällt auf die komischen schwarzen Dinger, die den Fischen aus dem Mund wachsen. „Und sprechen könnt ihr Armen auch nicht.“ Aurelia hat Mitleid mit den Wesen. Sie können weder hören noch reden und dann haben auch noch alle Ozeanbewohner Angst vor ihnen.

Der größte Fisch deutet mit dem Daumen nach oben und erst jetzt fällt Aurelia auf, dass er Hände und Finger hat – genau wie sie selbst! Auch die zwei anderen Fische recken ihre Daumen in die Höhe. Aurelia sieht sie verwirrt an. Die drei beginnen, mit den Flossen zu schlagen und nach oben zu schwimmen. Sie bedeuten Aurelia, ihnen zu folgen. Endlich versteht sie und schwimmt mit ihnen an die Oberfläche.

Über Wasser angekommen nehmen die Fische die schwarzen Dinger aus ihren Mäulern. Aurelia ist überrascht und ein wenig beruhigt, dass sie nicht dort festgewachsen sind.

„Was seid ihr?", fragt sie neugierig.

„Taucher", antworten sie im Chor.

Aurelias Augen weiten sich. „Echt? Oh! Und ich dachte schon, dass ihr Fische seid."

Die Taucher lachen. „Nein", meint der größte von ihnen, „wir sind nur Taucher, die die Gegend erkunden. Wir schauen uns nämlich gerne Wracks an."

„Wirklich?", fragt Aurelia begeistert. „Ich auch! Wir sollten mal zusammen schwimmen gehen. Ich kann euch ganz tolle Wracks zeigen. Dann könnt ihr auch meine Freunde kennenlernen. Da ist zum Beispiel Karl, der Kugelfisch, und ..."

„Das klingt super", unterbricht sie einer der Taucher. „Aber heute geht das leider nicht mehr. Wir haben nicht mehr genug Luft." Er zeigt auf ein rundes Ding, das an einem Schlauch aus seinem Rücken wächst.

Aurelia versteht nicht. „Was meinst du damit?"

„Jeder von uns hat eine Flasche, die mit Luft gefüllt ist, damit wir unter Wasser atmen können."

„Oh." Aurelia ist fasziniert. Das ist also das Geheimnis des Buckels, den die Taucher haben.

„Die Flaschen müssen wir nach jedem Tauchgang auf unserem Boot da drüben wieder auffüllen. Deshalb können wir erst morgen mit dir tauchen gehen."

Aurelia nickt verständnisvoll. „Das klingt alles so aufregend. Ihr müsst mir morgen unbedingt mehr davon erzählen."

Die Taucher lächeln. „Das machen wir. Am besten treffen wir dich morgen wieder hier."

„Ja", meint Aurelia. „Ich bringe dann auch meine Freunde mit."

Die Taucher winkten zum Abschied. „Bis morgen!"

Kurz vor dem Boot dreht sich einer der Taucher noch einmal um. „Wie heißt du eigentlich?"

„Aurelia", antwortet sie. „Ich heiße Aurelia."

„Ich freue mich, Aurelia, und richte deinen Freunden schöne Grüße aus!"

„Mache ich", versichert Aurelia und winkt, bis die Taucher auf ihrem Boot verschwunden sind. Sie kann es kaum erwarten, Karl und den Delfinen von den „Monsterfischen" zu erzählen.

Nadine Mönch *wurde 1998 in München geboren und veröffentlichte bereits mit 13 Jahren ihre ersten Kurzgeschichten. Sie schrieb Krimis, Kindermärchen, Weihnachts- und Liebesgeschichten über fliegende Badewannen, verliebte Schülerinnen, einsame Fische, Einhörner, Elfenbeine, Geschwisterstreitigkeiten, Verkehrsunfälle, Umweltprobleme, Mobilität in der Zukunft und vieles mehr. Wenn sie sich nicht gerade verrückte Geschichten ausdenkt, lernt sie Sprachen, verreist, liest, was ihr gerade in die Hände fällt, oder ist in der Natur unterwegs. Mehr zur Autorin: http://NadineMoench.com/*

Zwerge des Unterreiches

Es war einmal ein Reich unter der Erde, in dem nur die Zwerge leben konnten. Diese kamen aber auch immer wieder in die Welt der Menschen und halfen ihnen oft und gern aus manch misslicher Lage. Sie besaßen sogar einige Zauberkräfte, die sie jedoch nur selten und allein zum Wohle anderer Lebewesen einsetzten. So wurden die Zwerge hochgeachtet und waren überall wohlgelitten.

Eines Tages trug es sich nun zu, dass ein junger Prinz auf seinem edlen Ross durch den Wald ritt, als ihn sein Übermut immer kühner werden ließ und er das treue Tier immer weiter antrieb, bis es im unwegsamen Gelände strauchelte und mit ihm zu Boden stürzte.

Das Pferd rappelte sich wieder auf und lief vor Schreck davon. Der Prinz jedoch blieb mit gebrochenem Bein allein zurück. Da vergingen ihm seine Kühnheit und sein Hochmut rasch, sodass er sogleich verzweifelt um Hilfe rief. Schon eilten einige Zwerge herbei, linderten seine Schmerzen und trugen ihn den langen Weg bis zum Schloss seines Vaters.

Als der König ihn zur Rede stellte, fürchtete der Prinz dessen strenge Rüge wegen des entlaufenen Pferdes, deshalb sprach er: „Als ich heute gemächlich und gar arglos durch den Wald ritt, begann mein treues Ross plötzlich, sich wie wild zu gebärden. Ich versuchte, so gut ich nur konnte, es zu beruhigen. Doch es ließ sich nicht mehr führen, galoppierte immer ungestümer und warf mich schließlich von seinem Rücken ab.

Als ich dann so dalag, bemerkte ich die Zwerge in den Gebüschen, wie sie sich über mein Unglück belustigten. Und nun weiß ich, dass die verschlagenen Wichte das Pferd mit einem bösen Zauber belegt haben und mir nur halfen, um uns zu täuschen. Glaub mir, Vater! Die Zwerge sind niederträchtig und den Menschen gar nicht wohlgesinnt."

Der König vertraute seinem Sohn und hatte keinen Grund, an dessen Worten zu zweifeln. Sogleich befahl er den Wachen, die sechs Zwerge, die den Prinzen heimgebracht hatten, ins Verlies zu sperren, aus welchem sie erst nach der Rückkehr des Pferdes wieder freikommen sollten.

Am nächsten Tag erging im ganzen Königreich der Erlass, dass den Zwergen nicht zu trauen wäre und ihnen nicht länger Achtung und Wohlwollen zuteil werden sollten. Und so geschah es, dass die Menschen den Zwergen fortan aus dem Weg gingen und allmählich vergaßen, was ihnen diese schon Gutes getan hatten.

Eines Morgens, es war gerade ein Jahr vergangen, herrschte vor dem Schloss große Aufregung. Schließlich wurde dem König zugetragen, dass vor dem Tor ein sprechendes Pferd ausharrte, das etwas kundzutun hätte.

Der Monarch eilte hinaus und erkannte sogleich das Ross seines Sohnes, das sich sodann mit diesen Worten an ihn wandte: „Eure Sinne trügen Euch nicht. Die menschliche Sprache gaben mir die Zwerge, jene, die Ihr so schändlich behandelt habt. Nun sollt Ihr die Wahrheit erfahren, damit das Unrecht getilgt wird. Noch nie haben die Zwerge einem Lebewesen Böses gewollt oder ihm gar ein Leid zugefügt. Stattdessen standen sie euch Menschen in so mancher Notlage bei, ohne Dank dafür zu erwarten. Und sie kennen ganz gewiss keine Hinterlist. Diese wird allein von Eurer Art in die Welt getragen. Wer wüßte das besser als der Prinz? Und doch soll dem Durchtriebenen und Hochmütigen ein großes Glück beschert werden, das auch Ihr schon lange ersehnt. Dieses Euch zu verkünden, trugen die Zwerge mir auf. Lasst es Euch zu Verstand und Herzen gehen!"

Danach verstummte das Pferd und ließ sich in seinen Stall im Schloss führen.

Am folgenden Tag aber geschah es, dass eine holde junge Frau an den Hof kam, die dem Prinzen so sehr gefiel, dass man sogleich damit begann, die Hochzeit vorzubereiten.

Der König indes hatte verstanden, dass es das gute Werk der Zwerge war, das seinem Sohn und ihm das Glück gebracht hatte. Er bat die sechs freigelassenen um Vergebung, ließ seinen unseligen

Erlass wieder aufheben und die Zwerge für ihre Taten im ganzen Königreich loben und rühmen.

Doch diese zogen ihre Lehren aus dem Geschehen und hielten sich fortan in ihrem Reich unter der Erde verborgen.

Und so geschah es, dass sie bis heute wohl keine Menschenseele mehr zu Gesicht bekommen hat.

Wolfgang Rödig, *geboren in Straubing, wohnhaft in Mitterfels – mittlerweile 200 Veröffentlichungen in Anthologien, Zeitschriften und Zeitungen, auch einige eigene Gedichtbände.*

Claire und die Einhörner

Es war einmal ein kleines Häuschen mitten im Wald. Dort lebte eine Familie, bestehend aus Mutter, Vater und zwei Töchtern. Die ältere, Clara, zählte mittlerweile schon zwölf Jahre, während ihre Schwester Claire gerade einmal zarte sieben Lebensjahre erreicht hatte. Die beiden liebten einander über alles und waren immer füreinander da – dies machte die Eltern sehr stolz.

Die vier lebten gut zwei Tagesmärsche von der nächsten Stadt entfernt und versorgten sich darum mit allem selbst. Sie bauten Obst und Gemüse an, schlugen ihr Feuerholz zum Heizen und hielten sogar einige Tiere. Das Leben, das sie führten, war zwar bescheiden und nicht immer leicht, doch sie hatten einander.

Clara und Claire gingen oftmals zusammen in den Wald, um Beeren und Pilze für eine Mahlzeit zu sammeln. Dabei beließen sie es natürlich nicht – Flora und Fauna hatten für die Kinder so viel zu bieten. Sie spielten Verstecken, suchten in den Wipfeln der Bäume nach Phönixen oder erzählten sich Geschichten von Einhörnern.

„Claire, weißt du was?", fragte Clara eines Tages beim Himbeerensammeln. „Papa hat mir gesagt, dass es früher ganz viele Einhörner gegeben hat. Und dass die sogar magische Kräfte hatten!"

Die beiden Mädchen hielten sich an den Händen und waren gerade auf dem Weg nach Hause.

„Das wusste ich schon. Filla hat mir das erzählt", antwortete Claire fröhlich.

„Ach, du und deine Fee. Die gibt's doch gar nicht!"

„Doch Clara, ich sage die Wahrheit!"

„Und warum zeigt sie sich dann niemals?"

„Na, weil sie Angst vor euch hat!"

Clara strich ihrer kleinen Schwester eine blonde Haarsträhne aus dem Gesicht und lächelte sie an. Sie konnte sich nicht wirklich vorstellen, dass Claire tatsächlich eine Fee gesehen hatte. Diese waren scheue Geschöpfe, welche die Gesellschaft von Menschen gewöhnlich mieden. Und Einhörner hatte sie in all ihren Jahren auch noch nie erblickt.

Schweigend liefen sie nebeneinander her und hingen beide ihren eigenen Gedanken nach.

„Filla gibt es wirklich", flüsterte Claire leise.

Einige Wochen nach diesem Gespräch erkrankte Clara ganz plötzlich. Sie bekam hohes Fieber und einen schrecklichen Husten. Nicht einmal die Mutter konnte die Symptome ihrer Tochter lindern. Dabei kannte sie sich sonst gut mit so etwas aus. Doch dieses Mal war sie ratlos.

An einem lauen Sommerabend saß Claire mit ihren Eltern am Abendbrottisch, während Clara weiterhin im Bett bleiben musste. Sie war mittlerweile so schwach, dass sie sich nicht mehr auf den eigenen Beinen halten konnte.

„Mama, was machen wir denn jetzt, damit es Clara besser geht? Soll ich wieder ein paar Kräuter im Wald suchen?"

„Ach, mein Schätzchen", antwortete ihre Mutter und strich ihr über das Haar, „ich weiß nicht, was ich noch tun kann. Die Kräutersäfte sind wirkungslos." Sie seufzte und warf einen Blick zu ihrem Mann. Doch der schüttelte nur betrübt den Kopf. Auch er wusste nicht mehr weiter.

Claire schossen Tränen in die Augen. So etwas hatte sie noch nie erlebt, Clara war immer diejenige gewesen, die am seltensten von allen krank geworden war. Und selbst wenn der Fall eingetreten war, hatte ihre Mutter dies stets innerhalb von ein paar Tagen kurieren können.

Am Abend wurde Claire von Mutter und Vater ins Bett gebracht. Doch sie konnte einfach nicht schlafen. Zu viele Dinge spukten durch ihren kleinen Kopf. Also beschloss sie zu warten, bis ihre Eltern schliefen. Dann wollte sie sich hinausschleichen. Das hatte sie schon länger nicht getan, doch dieses Mal schien es notwendig zu sein.

Eher als sie erwartet hatte, löschte ihre Mutter die Lichter im Haus und ging die knarzende Treppe bis zum Schlafzimmer hinauf.

Als sie hörte, wie die Tür hinter ihr zuschlug, schwang Claire die Beine aus dem Bett und schlich leise bis zur Haustür. Draußen war es dunkel und kühl, weswegen Claire sich die Decke, die sie mitgenommen hatte, eng um den Körper schlang.

Sie machte einige Schritte in die Schwärze der Nacht hinaus, blieb stehen und flüsterte: „Filla? Filla, bist du da?“

Nichts passierte. Es blieb weiterhin dunkel und bis auf das Zirpen der Grillen war kein Geräusch zu hören.

„Filla, bitte! Ich brauche dich“, sprach sie und eine Träne lief ihr über die Wange. Claire stand noch eine gefühlte Ewigkeit dort und weinte, bis sie schließlich aufgab und sich umdrehte, um zum Haus zurückzugehen.

„Warte! Ich bin hier“, ertönte eine leise Stimme, gerade als Claire ihre Hand auf den Türknauf gelegt hatte. Schnell drehte sie sich um und machte endlich das schwache Licht aus, nach dem sie zuvor Ausschau gehalten hatte. Filla kam zu ihr geflogen und landete auf Claires ausgestreckter Hand. „Was ist denn mit dir los? Warum weinst du?“, ertönte die helle Stimme der kleinen Fee.

„Ich brauche Hilfe“, antwortete das Mädchen, „denn meine Schwester ist schrecklich krank und wir wissen nicht, was wir noch tun können.“

„Was? Hat denn deine Mutter diesmal kein Heilmittel?“

„Nein. Darum benötige ich ja auch eure Hilfe. Denn in die Stadt können wir nicht mehr gehen, den langen Weg würde Clara nicht schaffen.“

Filla schaute unsicher in die Ferne. Schon lange war sie Claires Freundin und wollte ihr unbedingt helfen. Doch im Falle einer Krankheit war die Magie der Feen nicht ausreichend. Erst nach einer ganzen Weile sprach sie. „Claire, du weißt, ich kann nicht viel tun. Und auch sonst niemand aus meinem Clan. Aber ich habe eine Ahnung, wer uns Rat geben kann. Dazu müssen wir sofort aufbrechen. Folge mir!“ Mit diesen Worten schlug Filla schnell mit ihren Flügeln und flog vom Haus weg. Claire folgte ihr. Sie wusste, dass sie der kleinen Fee vertrauen konnte.

Die halbe Nacht lang stolperte sie Filla durch den Wald hinterher. Obwohl sie todmüde war, gab ihr die Hoffnung auf ein Heilmittel den nötigen Ansporn weiterzulaufen.

Schließlich erreichten die beiden eine Lichtung. Noch nie zuvor war Claire an diesem Ort gewesen. Der Mond schien hier so hell, dass ihre Augen keine Probleme hatten, sich zurechtzufinden. Es sah zauberhaft aus. In der Mitte der Lichtung war ein See, umgeben von einer Wiese, auf der die schönsten Blumen blühten. Schmetterlinge und Feen flogen umher und im Wasser schwammen die buntesten Fische.

Doch das alles nahm Claire nicht mehr wahr, als sie die Geschöpfe erblickte, die auf der anderen Seite der Lichtung aus dem Schatten der Bäume traten. Es war eine Herde von Einhörnern. Noch nie hatte Claire so wunderschöne Wesen gesehen. Ihr weißes Fell schimmerte im Mondlicht und ihre Mähnen waren lang und fielen in Wellen an ihnen herunter. Das schmale Horn auf ihrer Stirn leuchtete schwach in den Farben des Mondes.

Als eines der Einhörner auf Claire zukam, hätte diese fast vergessen, warum sie überhaupt an diesem Ort war. Doch dann besann sie sich, denn Filla war auf ihrer Schulter gelandet und flüsterte ihr ins Ohr: „Hier wollte ich dich hinbringen. Bitte die Einhörner um Hilfe. Sie sind die weisesten und magischsten Geschöpfe im Wald.“

Claire machte vorsichtig einige Schritte auf das wunderschöne Tier zu, das sich ihr näherte. Als sie voreinander standen, wagte das Mädchen es nicht, dem magischen Wesen in die Augen zu sehen.

Claire erschrak regelrecht, als das Einhorn sprach: „Kleines Mädchen, was tust du denn hier? Dieser Ort bleibt den meisten Menschen verborgen. Nur die, die wirklich an uns glauben, können ihn wahrnehmen. Du brauchst also keine Angst zu haben. Du bist willkommen.“

Claire brachte kein Wort heraus, so aufgeregt und eingeschüchtert war sie.

„Sieh mich an, Kleines. Wie ist dein Name?“, wollte das Einhorn wissen, woraufhin das Mädchen vorsichtig den Kopf hob.

„Claire“, hauchte sie leise.

„Was für ein schöner Name. Ich selbst werde Hella genannt. Sag mir, Claire, warum bist du zu uns gekommen? Eine große Traurigkeit liegt auf dir, das spüre ich.“

Sofort kullerten dicke Tränen über ihr Gesicht und sie begann zu schluchzen. Sie erzählte allen Geschöpfen auf der Lichtung von ihrer Familie, von der innigen Beziehung zu ihrer großen Schwester und von Claras Erkrankung. Filla strich ihr dabei immer wieder tröstend über die Wange. Die Einhörner hingegen standen völlig unbeweglich da und lauschten Claires Erzählung. Als diese zu Ende war, sank das Mädchen auf das weiche Gras und hielt sich die kleinen Hände vors Gesicht.

Hella kam auf sie zu, senkte den Kopf und legte ihn auf Claires freie Schulter. So verharrten sie eine Weile, bis die Tränen des Mädchens langsam versiegt waren und es sich etwas beruhigt hatte.

Hella hob ihren majestätischen Kopf. „Claire, Liebes, ich werde dir helfen. Ich kann spüren, wie viel dir deine Schwester bedeutet und dass du alles für sie tun würdest. Ein solch reines Herz haben heutzutage die wenigsten Menschen. Und das, obwohl du so jung bist. Steh auf, Kleines. Wir gehen nun zum Haus deiner Eltern."

Claire erhob sich vorsichtig und fuhr sich mit dem Handrücken über die Augen. Dann schloss sie ihre Arme um Hellas Hals. „Ich danke euch", flüsterte sie.

„Ein so tapferes Mädchen von gerade einmal sieben Jahren mit einem Herzen voller Liebe und Mitgefühl verdient jede Hilfe auf der Welt", sprach das weise Einhorn und lächelte.

Claire trat wieder einen Schritt zurück und blickte mit müden Augen zu Hella auf. Diese lächelte noch immer.

Filla hob ihre Hand und strich dem Mädchen erneut über die Wange. „Siehst du? Es war gut, dass du mich zu Hilfe gerufen hast. Jetzt wird wieder alles gut, da bin ich mir sicher."

„Danke, Filla", antwortete Claire erschöpft.

Mittlerweile war der Mond weitergewandert und fast schon hinter den Baumwipfeln verschwunden.

„Du musst müde sein. Komm, setz dich auf meinen Rücken", forderte Hella die Kleine auf.

„Wirklich?", fragte Claire verblüfft und zur Bestätigung ging das elegante Tier vor ihr auf die Knie, sodass sie auf dessen Rücken klettern konnte. Unsicher hielt sie sich an der weichen Mähne fest, als Hella vorsichtig aufstand. „Ich weiß nicht mehr, in welche Richtung wir gehen müssen", gestand Claire da plötzlich.

„Aber ich kann euch den Weg weisen", ertönte Fillas samtene Stimme und die Fee flog in den Wald hinein.

„Mach dir keine Sorgen, Claire. Du hast Freunde, die dir helfen", sprach Hella. Dann setzte sie sich in Bewegung und folgte der kleinen Fee. Beinahe sofort fiel Claire in einen tiefen, traumlosen Schlaf.

Sie erwachte erst, als sie die fassungslose Stimme ihrer Mutter vernahm. „Claire, was hast du ... wo warst du ...", setzte sie an, doch der Anblick ihrer Tochter auf dem majestätischen Einhorn verschlug ihr die Sprache. Sie streckte eine Hand nach hinten, wo ihr Mann stand, der sie mit seiner umschloss.

Hella machte vor den beiden halt, ging wieder in die Knie und ließ Claire von ihrem Rücken gleiten.

„Mama!", rief das Mädchen und fiel ihr um den Hals. „Hol schnell Clara her!"

Ohne weitere Fragen zu stellen, eilte der Vater ins Haus und kehrte mit Clara in seinen Armen zurück. Sie sah schrecklich blass aus und schaffte es kaum, die Augen zu öffnen.

„Legt sie hier in das weiche Gras. Ich werde versuchen, sie zu heilen", verkündete Hella und Claires Vater tat wie ihm befohlen.

Das Einhorn senkte seinen majestätischen Kopf und sein Horn leuchtete auf. Damit berührte es schließlich den Arm des kranken Mädchens. Obwohl sonst nichts anderes zu sehen war, konnten alle Anwesenden die Magie spüren, die von Hella ausging.

Kurz darauf öffnete Clara ihre Augen und setzte sich vorsichtig auf. „Was ist hier los?", fragte sie leise.

„Deine Schwester kam zu uns und bat um Hilfe, um dich von der Krankheit zu befreien, die dich befallen hat."

Clara blickte zu ihrer kleinen Schwester, auf deren Schulter wieder die Fee Platz genommen hatte. „Claire", hauchte sie, doch bevor sie noch etwas anderes sagen konnte, rannte ihre Familie auf sie zu und schloss sie in die Arme.

Zufrieden drehte Hella sich um und verschwand im dichten Wald.

Marie-Therese Goldmann *wurde 1994 in Dresden geboren. Schon als Kind verschlang sie mit Begeisterung ein Buch nach dem anderen. Ihren persönlichen Wunsch, ein eigenes Buch zu veröffentlichen, erfüllte sie sich schließlich im Juni 2015.*

Der Fluch der bösen Hexe

Es war einmal ein Königspaar, das in seinem Reich hoch angesehen war, denn der König war weise und gerecht. Mit den wenigen Worten, die er benutzte, ging er sorgsam und würdigend um. Das Wohl seines Volkes war von großer Bedeutung für ihn. Und die Leute zahlten ihm diese Menschlichkeit mit Respekt zurück.

Die Königin war die schönste Frau im ganzen Land und sie hatte ein gutes Herz. Ihre Untertanen liebten sie, denn sie war sich nicht zu schade, zu den einfachen Menschen zu gehen und dort zu helfen, wo die Not groß war. Die Dankbarkeit des Volkes war ihr Lohn.

Doch eine Tatsache trübte das Glück der herrschenden Familie. Der König und die Königin waren kinderlos. Für den König war es eine Tragödie, weil er dringend einen Nachfolger brauchte, der ihn würdig nach seinem Tod vertreten sollte. Und die Königin wünschte sich ein Kind, dem sie ihre Liebe schenken konnte.

Doch die Jahre zogen ins Land und es blieb ein unerfüllter Traum, Eltern zu sein.

Der König sah schmerzerfüllt, wie seine Frau bitterlich weinte, weil sich keine Schwangerschaft einstellte. Er liebte sie so sehr, dass er beschloss, etwas zu unternehmen, denn tief im Wald wohnte angeblich eine Hexe mit magischen Kräften. Er schickte heimlich Boten aus, um zu erfahren, wo sie lebte und ob sie ihm helfen konnte.

Die Ausgesandten kamen nach mehreren Tagen zurück und berichteten von einer Mühle, die auf einer Lichtung im dunklen Finsterwald stand. Dort wohnte die Hexe mit ihrem verzauberten Reh, das sprechen konnte. Sie hatte den Boten gegenüber behauptet, helfen zu können, aber nur wenn sie mit der Königin persönlich reden durfte, denn jede Magie hätte ihren Preis. Die Adelsfrau sollte am nächsten Tag alleine am Waldrand erscheinen, das Reh würde sie abholen und zum Haus der Hexe begleiten.

„Das kommt nicht infrage, ich lasse meine Frau nicht ungeschützt zu einer Magierin. Was sie ihr alles antun könnte, möchte ich mir gar nicht ausmalen", donnerte der Herrscher.

Aber die Königin, die an der Tür gelauscht hatte, weil sie schon vermutet hatte, dass ihr Ehemann etwas im Schilde führte, trat nun mutig hervor. „Bitte, lass mich gehen. Ich möchte so gerne ein eigenes Kind in meinen Armen halten. Ich verspreche dir, ich komme heil wieder zurück", sagte sie voller Überzeugung.

So stimmte der König widerwillig zu, denn seiner Frau konnte er keinen Wunsch abschlagen.

Am nächsten Tag machte sie sich also auf den Weg. Es war, wie es von den Boten vorhergesagt worden war, das Reh erwartete sie.

„An Eurer Stelle würde ich umkehren. Die Hexe ist böse, verpackt aber alles im Mantel des Guten. Sie wird auch Euch blenden, indem sie vorgibt, Euren Herzenswunsch zu erfüllen", sprach das Tier.

Aber die Königin wollte nicht hören und ließ sich zu der Mühle führen, in der die Hexe wohnte.

„Ich habe Euch gewarnt", sagte das Reh noch einmal, als die Herrscherin an der Tür klopfte.

Eine nette, alte Frau öffnete. „Ich habe Euch erwartet, schönes Kind. Ich hoffe, Ihr hattet keine Unannehmlichkeiten mit meinem Reh? Es ist nämlich nicht ganz bei Verstand", erklärte die Hexe.

Die Zweifel waren wie weggefegt. Um keine Zeit zu verlieren, berichtete die Königin von ihrem Kinderwunsch.

„Macht mich zu einer reichen Frau und Ihr werdet einen Sohn bekommen. Aber weil meine Magie nicht alles vermag, wird er drei negative Eigenschaften besitzen. Er wird rücksichtslos sein, hochmütig und alles nehmen, was er bekommen kann", erläuterte die Alte.

„Das ist mir egal. Ich wünsche mir so sehr einen Sohn. Du bekommst so viel Gold von mir, wie du in deinem Leben nicht ausgeben kannst", fällte die Königin ihre Entscheidung.

Gesagt, getan. Der Zauber wurde ausgesprochen und neun Monate später gebar die Königin einen Prinzen, die Hoffnung, dass das Königreich noch lange nicht unterging.

Aber diese Hoffnung wurde schon nach wenigen Jahren zerschlagen, denn der Prinz war ein grausamer Mensch. Das Volk stöhnte und litt unter ihm große Not. Denn er war so rücksichtlos, dass er seine Eltern in den Kerker warf, um alleine zu regieren, obwohl er erst kurz vor dem Erwachsenenalter stand.

Er war so hochmütig, dass ihn keiner mochte. Er behandelte jeden von oben herab und war überheblich. Jeder Dienstbote im Schloss und jedermann im Volk erkannte seine abwertende Haltung anderen Menschen gegenüber.

Und am schlimmsten war, dass er sich nahm, was er begehrte. Ohne Rücksicht auf Verluste ging er über Leichen. Er nahm sogar von den Ärmsten der Armen.

Große Not erlitt das gesamte Königreich, ein finsteres Zeitalter brach mit dem Prinzen an und seine Eltern konnten nichts dagegen tun, weil sie im Verlies bei Brot und Wasser dahinvegetierten. Da bereute die Königin, sich der Hexe anvertraut zu haben. Der König versuchte, sie zu beruhigen, denn es war schließlich auch sein Wunsch gewesen, einen Thronfolger zu haben.

Und in tiefer Verzweiflung hörten die beiden am Gitter, das das Kerkerfenster verschloss, ein Schnauben.

„Wer ist da?", rief der König.

„Ich bin es, das Reh der Hexe. Habe ich Euch nicht gesagt, dass meine Besitzerin böse ist? Sie lacht sich ins Fäustchen wegen des Unglücks, das über Euer Königreich hereingebrochen ist. Sie liebt es, die Menschen leiden zu sehen", sagte eine zarte Stimme.

„Es tut mir von Herzen leid, dass ich dir nicht geglaubt habe. Kannst du uns helfen?", fragte die Königin.

„Ich denke schon. Der Prinz muss nur das Gegenteil seiner drei schlechten Eigenschaften lernen. Statt Rücksichtslosigkeit soll er Mitgefühl zeigen, statt Hochmut Demut, und statt zu nehmen, muss er geben. Dann ist er von dem Fluch der Hexe erlöst", erklärte das Reh.

„Und wie soll es möglich sein, sein steinernes Herz zu erweichen?", fragte das Königspaar.

„Lasst mich nur machen. Euer Sohn ist nicht böse, im Grunde seines Herzens ist er ein guter Mensch. Die Hexe hat ihm die schlechten Eigenschaften aufgeladen", sprach das Reh entschlossen.

Und so vertraute sich das Reh der Tochter des Küchenmeisters an. Diese half ihm, einen Zaubertrank, den das Reh von der Hexe gestohlen hatte, in das Essen des Prinzen zu schmuggeln. Er sollte dadurch in einen tiefen Schlaf fallen, in dem er beeinflussbar war. Es war ein Trank, der das Leben der Menschen verändern konnte.

Und kaum hatte sich der Adelsmann hingelegt, schlich sich das Reh in sein Schlafzimmer und flüsterte dem schlafenden Prinzen ins Ohr: „Wenn Ihr aufwacht, dann werdet Ihr ein verwaistes Reh an Eurem Bett finden. Aus Mitgefühl werdet Ihr Euch um es kümmern. Ihr werdet Euch zurücknehmen, es wertschätzen, dass ein so edles Tier bei Euch sein möchte, und es demütig in Eurem Leben begrüßen. Ihr werdet ihm Eure Liebe geben, ohne etwas dafür zu erwarten."

Und so geschah es. Der Prinz wachte auf, keine Spur von Rücksichtslosigkeit, Hochmut oder Gier war mehr zu erkennen.

Er streichelte das Reh und sagte: „Ich liebe dich von ganzem Herzen, du bist der unbezahlbare Schatz, der mein Leben verändert hat."

Da verwandelte sich das Reh in eine junge Prinzessin. Sie war das wunderschönste und liebreizendste Mädchen, das der Prinz je gesehen hatte. Seine Liebe hatte auch den Fluch der Hexe, der auf ihr lastete, gebrochen. Denn sie konnte nur durch wahre Liebe erlöst werden und erlangte dadurch ihre menschliche Gestalt zurück.

Der Prinz bestrafte die Hexe, holte seine Eltern aus dem Kerker und regierte mit Mitgefühl, Demut und Großzügigkeit seinem Volk gegenüber. Er heiratete die Prinzessin und das Glück zog wieder im ganzen Königreich ein. Die Menschen jubelten vor Freude.

Und wenn sie nicht gestorben sind, dann leben sie noch heute.

Karin Waldl wurde 1982 in Wels (Oberösterreich) geboren. Heute lebt sie mit ihrem Mann und ihren drei Kindern in Rüstorf bei Schwanenstadt. Sie hat Pädagogik studiert und in den Fächern Religion, Mathematik und Geometrisches Zeichnen ihren Abschluss gemacht. Sie arbeitet heute als NMS-Lehrerin neben ihrer wertvollen Arbeit als Familienfrau. Durch ihre religionspädagogische Arbeit und die heutigen Aktivitäten in der Gemeinde entstanden die Ideen zu ihren Kinder- und Jugendbüchern sowie Romanen.*

Der Veggitukka-Baum

Es waren einmal drei kleine Zwerge, die in einer wunderschönen Baumhöhle unter dem Veggitukka-Baum im Norden des Zwergenlandes wohnten. Flocky, Rocky und Puu lebten dort seit Anbeginn der Zeit und hatten ihr Dorf niemals verlassen. Sie waren nie weiter gereist als bis zum grünen Fluss. Dort holten sie täglich Wasser, fingen Fische und machten ein Feuer, wenn es gegen Abend kälter wurde. Dann legten sie sich ans knisternde Feuer und erzählten Geschichten über die gute alte Zeit. Meist lockte der wohlige Geruch des gebratenen Fischs andere Zwerge aus der Gegend an und so waren die drei Freunde stets in guter Gesellschaft.

Eines Tages gesellte sich ein weißhaariger, knochiger, alter Zwerg zu den freundlichen Gesellen, und nachdem er stundenlang nur stumm ins Feuer geschaut hatte, holte er tief Luft, atmete geräuschvoll aus und sagte mit ruhiger, dunkler Stimme: „Wir müssen den Norden verlassen und in den Süden gehen."

Langes Schweigen trat ein. Niemand wagte es, auch nur ein Wort zu sagen oder laut zu atmen.

Da erhob sich der alte Zwerg und schaute Flocky, Rocky und Puu lange und eindringlich an. „Wir müssen die alten Wurzeln der Veggitukka-Bäume mit Zwergenstaub versorgen, sonst werden unsere Bäume im Norden verkümmern und wir werden unser Zuhause verlieren", erklärte er, bevor er sich wieder zu den Zwergen ans Feuer setzte und ein paar Bäume in den Sand malte.

„Die Veggitukka-Bäume haben unter der Erde ein riesiges Wurzelgeflecht, welches im Norden des Landes gut wächst und gedeiht. Der Boden ist hier voll mit goldenem Zwergenstaub, den die Veggitukka-Bäume zum Wachsen benötigen. Dort, wo die Wurzeln der Veggitukka-Bäume nur wenige Zentimeter unter der Oberfläche liegen, herrscht Frieden. Kein böses Wort fällt in der Nähe der Wurzeln, kein Neid herrscht unter den Bewohnern, nur Freude und Herzensgüte gibt es bei den barfuß wandelnden Zwergen." Der Alte wurde ganz still und schaute traurig auf seine kleinen, nackten Füße.

Er berichtete weiter: „Im Süden begannen ein paar wenige Zwerge, den Zwergenstaub abzubauen, um diesen an die Menschen zu verkaufen. Der Staub bringt den Menschen süße Träume und so kauften sie Unmengen davon. Nun droht der Veggitukka-Baum zu verkümmern und die Welt der Zwerge wird sich verändern, sollte es nicht gelingen, dies zu stoppen."

Der alte Zwerg bat die drei jüngeren, in den Süden zu gehen, um dort die Wurzeln des Veggitukka-Baumes mit Zwergenstaub zu bedecken. Doch er warnte die Freunde vor den Menschen, diese würden versuchen, ihnen den Zwergenstaub abzunehmen.

Flocky, Rocky und Puu überlegten nicht lang und stimmten dem Plan des alten Zwergs zu.

Gleich am nächsten Tag luden sie drei riesengroße Säcke voll Zwergenstaub auf ihre Rücken und machten sich auf den Weg in den Süden des Landes. Zum Abschied gab der alte Zwerg jedem eine blau gesprenkelte Bohne des Veggitukka-Baumes mit, diese sollten sie einsetzen, wenn die Menschen ihnen zu nahe kommen sollten.

So gingen die drei Freunde mit ihrem schweren Gepäck auf dem Rücken in Richtung Süden. Sie überquerten den grünen Fluss, an dem sie täglich Wasser holten, und blickten wehmütig zurück. Noch nie hatten sie diesen Fluss überquert. Noch nie hatten sie den Norden verlassen.

Der Rucksack war schwer und drückte sich in die kleinen Rücken der Zwerge, so machten sie kurz Rast, um ein wenig Kraft zu sammeln. Kaum hatten sie ein Feuer angezündet, trat ein großer, dünner Mann an die Feuerstelle und fragte, ob sie Zwergenstaub hätten. Natürlich verneinten die Freunde. Doch als der Mann gegangen war, schliefen sie nicht, sondern hielten reihum Wache.

Und tatsächlich, kurz vor Mitternacht schlich sich der Mann von hinten an die Säcke heran und wollte sich den Zwergenstaub einfach nehmen. Flocky bemerkte den Dieb jedoch und feuerte eine der Bohnen in seine Richtung. Sofort blitzten tausend kleine goldene Funken aus der Bohne in die Augen des Mannes. Dieser lächelte, sackte in sich zusammen und schlief auf der Stelle ein.

Unverzüglich marschierten die Freunde weiter, mieden aber den Weg, wo oft Menschen anzutreffen waren, und schlugen sich lieber durch den dichten grünen, dunklen Wald.

Irgendwann bemerkten sie, dass sie jemand verfolgte. Eine gehetzt wirkende, kleine, runzlige Frau mit einem langen Ast als Stütze hatte ihnen nachgestellt und war nun so nahe, dass sie nach einem der Säcke greifen konnte.

Rocky drehte sich blitzartig um, warf der Alten eine Bohne entgegen, und so schnell die Zwerge nur konnten, duckten sie sich. Doch zu spät, die Bohne zerbarst, aus ihr funkelte und blitzte es und die Funken sprühten nicht nur in die Augen der Frau, sondern erwischte ebenso die Zwerge. Kurz rieben sie sich noch die Augen, dann kam auch schon der Schlaf über sie.

Still war es und dunkel, als Puu Stunden später versuchte, die Augen vorsichtig zu öffnen. Er schmunzelte, als er zur Seite blickte. Da lagen seine Freunde und schliefen tief und fest mit einem zufriedenen Lächeln im Gesicht. Rocky hatte den Daumen in den Mund gesteckt und schlummerte friedlich wie ein neugeborenes Baby. Flocky hatte sich wie ein kleines Babyeinhorn zusammengerollt und kuschelte sich liebevoll an Rocky. Die Frau lag neben ihnen und schnarchte laut und herzzerreißend.

Puu drehte sich um. Oh nein! Was war geschehen? Wo waren die drei Säcke mit dem Zwergenstaub?

Nochmals rieb er sich die Augen und erkannte in weiter, weiter Ferne eine kleine hüpfende Gestalt. Sofort begriff er, dass diese Person ihre Säcke mitgenommen hatte. Er kletterte schnell auf den nächsten Baum, wickelte eines seiner langen goldenen Haare um eine Astgabel, legte die Bohne hinein, spannte das Haar und zielte.

Nun müsst ihr wissen, dass die Haare der Zwerge elastisch wie Gummibänder sind, somit sauste die Bohne in hohem Bogen und mit rasanter Geschwindigkeit durch die Luft.

Es zischte, es pfiff und *plopp* traf die Bohne die flüchtende Gestalt direkt am Hinterkopf. Da sich dort keine Haare befanden, zerplatzte die Bohne sofort nach ihrem Aufprall. Es blitzte und funkelte, die

Gestalt sackte in sich zusammen und schlief sogleich ein. Mittlerweile waren auch Flocky und Rocky wieder erwacht, entdeckten Puu auf dem Baum und begriffen sofort, was geschehen war. Sie folgten der Flugbahn der Bohne und sammelten ihre Säcke ein.

Schnell machten sie sich wieder auf den Weg, sie mussten ja befürchten, dass die alte Frau nun auch bald aus ihrem Schlaf erwachen und erneut versuchen würde, ihnen die Säcke abzunehmen – und sie hatten alle ihre Bohnen aufgebraucht.

Nachdem der Mond dreimal unter- und wieder aufgegangen war, kamen sie am Ende des Wurzelgeflechts an. Die Spitzen waren schon ganz vertrocknet, sahen verkümmert und verwelkt aus. Im letzten Augenblick konnten Flocky, Rocky und Puu den Zwergenstaub über die Wurzeln des Veggitukka-Baumes streuen. Auf der Stelle begann die Wurzel zu keimen und zu wachsen. Sie hatten es geschafft!

Glücklich und zufrieden legten sie sich auf das weiche Moos und ruhten sich kurz aus.

Als die Sonne aufging, machten sie sich auf den Heimweg und gingen schnurstracks zurück in den Norden des Zwergenlandes. Dort war die Kraft des Zwergenstaubs sofort zu spüren. Auf dem Weg begegneten sie stets freundlichen Zwergen und Menschen, hörten kein böses Wort oder spürten gar Neid und Hass. An ihrem Baum angekommen, zündeten sie ein Feuer an, holten Wasser aus dem nahe gelegenen Fluss, setzten sich auf die knorrigen, alten Baumstümpfe in der Nähe des Feuers, bohrten ihre nackten Füße in den warmen Sand und erzählten ihre Geschichte immer und immer wieder.

Yasmin Mai-Schoger wurde 1970 in Seesen im Harz geboren, ist verheiratet und hat zwei Kinder. Ihre Kindheit verbrachte sie in Wildemann, heute lebt die 47-Jährige in Baden-Württemberg, wo sie nach ihrem Studium hängen geblieben ist. In ihrer Freizeit schreibt sie unter anderem Gedichte über ihre „zwei Heimatstädte" oder über die alltäglichen Dinge des Lebens.

Der Fluch der Winterhexe

Es war einmal vor sehr langer Zeit, als es nicht aufhören wollte zu schneien. Eiswinde fegten über das Land und klirrende Kälte kroch in jedes Haus. Die Leute im Dorf munkelten, dass der Winter nicht aufhörte, weil der Winterkönig vor Zeiten von einer Hexe verflucht worden sei. Allmählich vergaßen die Menschen den Frühling, den Sommer und den Herbst.

In dieser Zeit lebte ein kleines Mädchen mit seinem Bruder und der Mutter in einer einsamen Hütte weitab vom Dorf. Sie waren bettelarm. Im Kamin brannte schon lange kein Feuer mehr und die letzten Wintervorräte waren aufgebraucht. Das Mädchen saß jeden Tag am Fenster und spielte mit den Eiskristallen. Wenn die Winterhexe auf ihrem riesigen Schlitten über das Eis jagte, zerbrachen die Eiskristalle an den Scheiben und die Wände der Hütte zitterten.

Eines Tages wurde der Bruder sehr krank. Die Mutter schluchzte: „Wenn doch nur der Winter endlich aufhörte!"

Da wusste die Kleine, dass es an der Zeit war. Eines Morgens legte sie sich ihren Umhang um. Die Mutter sah der Tochter in die klaren blauen Augen und verstand. Hastig reichte sie ihr ein winziges Stoffbündel. „Hier, unser letzter Kanten Brot. Du wirst ihn brauchen auf deinem Weg."

Der Bruder gab ihr zum Abschied eine Strohpuppe. „Sie wird dir eine Hilfe sein."

Das Mädchen dankte ihm und machte sich auf den Weg – hinaus in die endlose Eiswüste. Der Schnee knirschte unter ihren Füßen, Schneeflocken schlugen ihr ins Gesicht und stachen wie Tausende Nadeln. Aber die Kälte machte ihr nichts aus, war sie doch im schlimmsten Frost unter klarem Sternenhimmel geboren worden. Und seit jener Nacht funkelte ihre blasse Haut, als wäre sie mit winzigen Kristallen bedeckt. Die Dorfbewohner hielten sich von ihr fern. Sie behaupteten sogar, der Frost hätte das Kind berührt. So wuchs die Kleine abseits des Dorfes auf, spielte im Wald mit den Tieren und erlernte deren Sprache.

Das Mädchen war schon lange unterwegs, als es unter den Füßen ein Beben des Waldbodens spürte. Kaum dass die Kleine vom Wege gesprungen war, donnerte auch schon der mächtige Schlitten der Winterhexe vorbei. Schrilles Lachen durchdrang die klirrende Kälte. Das Mädchen beobachtete, wie der Schlitten bis hinauf in die weißen Baumkronen flog und in den Schneewolken verschwand.

Anschließend setzte das Kind seinen Weg fort, obwohl es nicht wusste, wohin er es führen würde. Da wehte plötzlich der Wind ein zartes Zwitschern heran. Eine Meise hüpfte zaghaft auf die Kleine zu und betrachtete sie aufmerksam.

„Du bist bestimmt auch hungrig", sagte das Mädchen, holte den Brotkanten heraus und warf dem Vögelchen ein paar Brotkrumen zu. Hastig pickte es alles auf. Dann zwitscherte der Vogel und tanzte im Schnee, als wolle er ihr etwas mitteilen. Das Mädchen verstand und folgte der Meise tiefer in den Wald hinein bis zu einer ausgehöhlten Eiche. Dahinter lag ein verletzter Fuchs. Das Kind wollte sogleich helfen, aber der Fuchs bleckte die Zähne. Die Kleine wich zurück.

Mit wachsamen Augen musterte das Tier sie. Dann blickte es die Meise vorwurfsvoll an. „Du sollst keine Menschen hierher bringen!"

„Aber siehst du es denn nicht? Sie ist es! Sie ist das Kristallkind!", erwiderte der Vogel und wies mit einem Flügel auf das Mädchen.

„Meinst du?", fragte der Fuchs zweifelnd.

„Aber ja!", bekräftigte die Meise. „Die Haare so weiß wie Schnee, die Augen so blau wie der Himmel, die Haut so funkelnd wie ein Kristall. Genau wie vorhergesagt."

Der Fuchs schloss erleichtert die Augen und ließ sich von dem Kind seine Wunde mit einem Stück Stoff verbinden.

Als der Fuchs schlief, erzählte die Meise von dem Fluch der Winterhexe und von einer uralten Prophezeiung. „Vor Zeiten wollte der Winterkönig eine wunderschöne junge Frau zur Gemahlin nehmen. Aber in der Nacht vor der Hochzeit hat ihn ein Kristallmännlein besucht, um ihm von den bösen Plänen der Frau zu erzählen — den Frühling, den Sommer und den Herbst niemals mehr erwachen zu lassen. Entsetzt sagte der König die Hochzeit ab. Die Frau war darüber so böse, dass sie ihre wahre Gestalt – die einer Hexe – offenbarte und den König verfluchte: *Du sollst so lange keinen Schlaf finden, bis du den größten Eispalast des Landes hast bauen lassen! Und der Winter wird bis dahin nicht enden!*

Und so geschah es!

Viele Nächte später erschien dem König erneut ein Kristallmännlein und berichtete ihm von einer Prophezeiung. In dieser heißt es: Wenn der Winter ewig dauert, dann wird eines Tages ein Kind erscheinen, mit Haaren so weiß wie Schnee, Augen so blau wie der Himmel und einer Haut so funkelnd wie Tausende Kristalle. Dieses Kristallkind wird mit dem Wintervogel in die Schneewolken reisen und dort mit einem Zauberschlüssel das Kristalltor des Eispalastes öffnen. Mit der Hilfe dieses Kindes wird es gelingen, den größten Eispalast des Landes zu errichten. Der König wird wieder schlafen können und der Winter sein Ende finden." Die Meise hüpfte auf den Schoß des Mädchens. „Du bist das Kristallkind!", fügte sie hinzu.

In diesem Augenblick rutschte die Strohpuppe aus dem Umhang heraus. Das Mädchen griff danach und nahm sie in den Arm. Da sah die Kleine ihren fiebernden Bruder vor sich und meinte entschlossen: „Wenn das meine Aufgabe ist, dann soll es so sein. Sag, Meise, wie gelange ich an diesen Zauberschlüssel? Und wo kann ich den Wintervogel finden?"

Der Fuchs schlug die Augen auf, er hatte der Erzählung gelauscht. „Den Schlüssel habe ich."

„Und zum Wintervogel werde ich dich bringen lassen", sprach das Vögelchen.

Das Mädchen sprang auf.

„Warte! Die Reise ist gefährlich", mahnte der Fuchs. „Die Winterhexe wird alles tun, um die Herrscherin des Winters zu bleiben."

„Dennoch will ich es versuchen", erwiderte das Mädchen.

Der Fuchs wies mit der Schnauze auf die Eiche. „Sieh in die Baumhöhle! Dort findest du den Schlüssel."

Die Kleine nahm ihn an sich. Winzig war er und durchsichtig wie Glas.

„Wir müssen los", drängte die Meise.

Das Mädchen strich dem Fuchs zum Abschied über sein rotbraunes Fell. „Seid auf der Hut!", flüsterte dieser und schlich davon.

Die Kleine folgte der Meise bis zu einer Lichtung. „Halte den Schlüssel in die Höhe", forderte sie und das Mädchen gehorchte.

Mit einem Mal landeten Tausende Meisen lautlos auf der Lichtung und umringten das Kind. Der Schwarm trug die Kleine hinauf in die Lüfte. Da ertönte das schrille Lachen der Winterhexe und grelle Blitze zuckten über den Himmel. Sie ließ einen Schneesturm toben und schickte Schneewirbel in den Meisenschwarm. Aber mit aller Kraft hielten die Vögel zusammen und schützten das Kind.

Wütend raste die Hexe mit ihrem Schlitten auf die Meisen zu. In diesem Augenblick erschien ein mächtiger Schatten am Nachthimmel – der Wintervogel. Er stieß einen so ohrenbetäubenden Schrei aus, dass die Schneewölfe der Hexe erschraken. Der Schlitten schlingerte durch die Luft und stürzte ab.

Der Schwarm ließ das Mädchen auf dem Rücken des Wintervogels nieder. Sogleich schoss dieser hinauf bis in die Schneewolken und brachte das Kind zum Tor. Am Horizont erwachten die ersten Sonnenstrahlen und ließen das Kristalltor geheimnisvoll funkeln.

„Ab hier musst du alleine weitergehen", sprach der Vogel.

„Das werde ich. Hab Dank!", flüsterte das Kind und strich sanft über seine weißen, weichen Federn. Der Wintervogel glitt lautlos davon.

Mit ihren zarten Händen berührte die Kleine die Kristalle des Tores und drehte den winzigen Schlüssel im Schloss herum. Ein lautes Knirschen erklang und das Kristalltor krachte in sich zusammen. Über das Land ergoss sich ein Hagelschauer, während das Mädchen das weiße, kahle Reich des Winterkönigs betrat. Vor ihm erhob sich der Eispalast.

In diesem Augenblick trat der König heraus und bemerkte das Kind. Ein Lächeln erhellte sein Gesicht. „Du bist tatsächlich gekommen! Sag, wie können wir den größten Eispalast errichten?"

Aus dem Nichts tauchte die Winterhexe auf. „Sie kann dir nicht helfen. Sie ist bloß ein Kind." Die Hexe lachte so schallend, dass sogar der Eispalast erzitterte und die Kristalle knirschten.

Da erinnerte sich das Mädchen an die Eiskristalle am Fenster der Hütte. Jedes Mal, wenn die Hexe vorbeigefegt kam, waren die

Kristallschichten zerbrochen. Und nur mit der Kraft seiner Gedanken, hatte das Mädchen die Kristalle wieder zusammengefügt. Nun wusste die Kleine, was zu tun war. Sie schloss ihre Augen und rief alle Eiskristalle herbei, damit sie sich zum größten Eispalast des Landes vereinigten.

Die Hexe kreischte: „Nein! Was tust du?"

Aber es war zu spät. Die Kristalle folgten dem Ruf.

Das Kristallkind öffnete die Augen und blickte auf den größten Eispalast seit Menschengedenken. Der Winterkönig fand endlich wieder Schlaf und der Frühling erwachte. Auf den Wiesen blühten die ersten Krokusse und daheim schloss das Mädchen den gesunden Bruder und die Mutter fest in die Arme.

Die Winterhexe aber, so erzählten die Leute, lebte als arme, einsame Frau bis ans Ende ihrer Tage in einer Höhle.

Heike Schulze lebt in Berlin.

Ein Pinguin kriegt Medizin

Oma Berta wohnt im schönen oberbayerischen Städtchen Prien am Chiemsee. Sie hat ein kleines, aber feines Häuschen am Stadtrand, bezieht eine bescheidene Witwenrente und ihr Sohn lebt mit seiner Frau und dem kleinen Enkelsohn leider weit weg, nämlich in Amerika. So gesehen könnte man Oma Berta als ganz normale ältere Dame bezeichnen, wenn ... ja, wenn sie nicht einen selbst für bayerische Verhältnisse sehr ungewöhnlichen Mitbewohner hätte: Lohengrin, einen waschechten Pinguin. Zudem ist Lohengrin der menschlichen Sprache mächtig und kann sich daher prima mit Oma Berta unterhalten. In Prien hat man sich längst an das ungleiche Pärchen gewöhnt, das man oft zusammen beim Einkaufen und noch öfter am beziehungsweise im Chiemsee antrifft.

Und so lebte Oma Berta mit ihrem Lohengrin in einer Art Zweier-WG in dem schönen Häuschen unweit des Chiemsees, bis der Kleine eines Morgens mit triefender Nase und krächzender Stimme aufwachte. Er hatte sich eine schlimme Erkältung eingefangen ...

„Oma Berta, ich kann's spüren:
Während meine Nase läuft,
wird mein Kopf gleich explodieren.
Mein Schnabel, der ist auch ganz feucht",
jammerte der Pinguin.
Richtig käsig sah er aus
und in Omas Haus in Prien
brach auf der Stelle Hektik aus.

„Ojemine, was ist zu tun
mit dem verschnupften Pinguin?
Muss er – wie Menschenkinder – ruh'n?

Wie helfe ich bloß Lohengrin?
Gebe ich ihm Medizin?
Oder nützen and're Sachen?
Ist eine Schwitzkur gut für ihn?
Soll ich Wadenwickel machen?"

Oma rannte her und hin
ohne einen festen Plan.
Schließlich rief sie Gwendolyn,
eine gute Freundin, an.
„Am besten steckst du ihn ins Bett."
Das war der Rat von Gwendolyn.
„Wadenwickel wären nett,
doch mangelt es an Waden ihm."

Man merkt, die Oma stand daneben.
Doch schnell kam sie zurück zur Spur.
Sie würde keine Mittel geben,
am besten half hier die Natur.
Und sie würde gleich erdichten
in Lohengrins Erkältungsphase
Gute-Besserungs-Geschichten
für die kleine Schnupfennase.

„Der Schnupfen wird dich nicht lang quälen",
sprach sie zu ihrem Pinguin.
„Ein Märchen will ich gleich erzählen,
das wirkt bestimmt wie Medizin."
Aus *Tausend und noch einer Nacht*
folgte nun die Mär vom Dschinn,
soeben von ihr ausgedacht,
ihr Titelheld hieß Aladin ...

Es lebte einst im Morgenlande,
sehr lange noch vor uns'rer Zeit,
Aladin, wie man ihn nannte.
Dem war vom Schicksal prophezeit,

er würde durch ein fremdes Tier
eines Tages sicher Scheich,
Sultan oder Großwesir,
in jedem Falle mächtig reich.

Wie immer träumte Aladin
beim Stapfen durch den Wüstensand
von Ruhm und Reichtum vor sich hin,
als er dort eine Flasche fand.
Die Flasche war ein schmuckes Stück
mit einem grünen, runden Bauch
und wie durch einen Zaubertrick
drang aus dem Halse plötzlich Rauch.

Der Rauch stieg bis zum Himmel hin,
dann nahm er langsam Formen an.
Die Form entpuppte sich als Dschinn,
der gleich mit dem Gespräch begann:
„Ich bin ein Dschinn, ein Flaschengeist.
Sehr lang war ich gefangen
und konnte nun, wie sich erweist,
durch dich herausgelangen.

Es schmerzte mir schon das Gesäß
vom In-der-Flasche-Wohnen.
Für Freilassung aus dem Gefäß
will ich dich reich belohnen.
Denn ich bin frei, nach Jahren frei!“,
jubelte der Dschinn.
„Und du hast frei der Wünsche drei.
Nun wähle, Aladin.“

Der platzte gleich in einem Satz
mit seinem größten Wunsch heraus:
„Ich möchte einen kühlen Platz
in meinem Beduinenhaus.“
Wo vorher nur ein Teppich zierte,

stand nun im Zelt ein Block in Weiß.
Und Aladin, der Kälte spürte,
staunte über blankes Eis.

Auf dem kalten weißen Block
kauerte ein Lebewesen.
Das stand sichtlich unter Schock.
Es ist ganz bleich und blass gewesen.
Entrüstet fragte Aladin:
„Was um alles in der Welt
hast du großer, dummer Dschinn
jetzt schon wieder angestellt?“

Der war sich keiner Schuld bewusst.
„Die Wahl hast du getroffen“,
erklärte er ganz selbstbewusst.
„Zwei Wünsche sind noch offen.
Was du dir wünschst, erfülle ich
in ein paar Sekunden,
wie man erkennt, ganz meisterlich.“
Dann war der Dschinn verschwunden.

Und plötzlich fing die Kreatur
auf dem Block zu reden an:
„Das ist echt der Wahnsinn pur,
wie ich in diese Wüste kam.
Als Königspinguin vom Pol
kenne ich nur Schnee und Eis.
Ich fühle mich hier gar nicht wohl,
es gibt nur Sand und mir ist heiß.“

Natürlich wusste in der Wüste
zu jener Zeit kein Mensch vom Pol.
Doch Aladin, der freundlich grüßte,
erkannte schnell und gleich sehr wohl.
Das Ganze war gar kein Debakel
und musste deshalb Fügung sein.

Hier war das Tier gemäß Orakel,
ein König war es obendrein!
Er sagte zu dem fremden Tier:
„Nimm es nicht weiter tragisch.
Am besten bleibst du erst mal hier.
Du sprichst ja auch arabisch.
Ich werde dich Habibi nennen
und bald bist du mein bester Freund.
Jetzt wollen wir uns kennenlernen
und dann wird durch den Sand gestreunt.“

Habibi blieb bei Aladin.
Im Sand kam er zurecht.
Er fand als Königspinguin
die Landschaft gar nicht schlecht.
Dann hörten sie die schlimme Nachricht
verbreiten sich mit Wüstenwind:
Es hatten Räuber ohne Nachsicht
entführt des Sultans Lieblingskind.

Suleika hieß das Töchterlein
und Aladin befand:
Er würde tapfer sie befrei'n
aus der Banditen Hand.
Das war sein Wunsch mit Nummer zwei
und er rief auf die Schnelle
den Dschinn, den Flaschengeist, herbei.
Der war sofort zur Stelle.

„Willst du nicht mit den Räubern ringen,
bedarf es einer kleinen List.
Du musst dein Tier zum Einsatz bringen,
was sicherlich auch lustig ist.
Folglich werde ich gleich handeln“,
befand der leicht verrückte Dschinn,
„und Habibi flugs verwandeln
in einen Riesenpinguin.“

Danach sah durch die Wüstendünen
man wandern mit dem Wüstensohne
einen Pinguinen-Hünen,
auf dessen Kopf saß eine Krone.
Das Südpol-Tier glich einem Riesen
und hinterließ im Wüstensand
tiefe Spuren mit den Füßen,
als hätten sie sich eingebrannt.

Von Weitem sah das *Ungetüm*
die schlimme Räuberbande
und näherte sich ungestüm
im heißen Wüstensande.
Um die Räuber zu verwirren,
sprach es laut in fremden Sprachen.
Die Räuber hörten Stimmen schwirren,
weshalb sie fast zusammenbrachen.

Die Bande war total verschreckt
durch den Riesenpinguin.
Suleika konnte unentdeckt
aus deren dunkler Höhle flieh'n.
Der Pinguin, in Straußmanier,
verjagte ganz geschwinde
die Schurken an der Anzahl vier
in alle sieben Winde.

Habibi Königspinguin,
nun wieder Südpol-Vogel klein,
der Flaschengeist und Aladin
geleiteten Suleika heim.
Wie gut Suleika zu ihm passt,
bemerkte Aladin
gleich auf dem Weg zum Scheichpalast.
Der Sultan nahm's gelassen hin.

„Ich weiß schon, wie ich dich belohne:
Mein Töchterchen wird deine Braut.
Ich nehme dich zum Schwiegersohne.
Ihr heiratet, wenn ihr euch traut.
Drei Jahre solltet ihr noch warten.
Lasst diese Zeit ins Lande zieh'n,
dann kann die Hochzeitsfeier starten“,
versprach der Sultan Aladin.

Das Unheil kam, weil es wohl musste:
Habibi wurde schrecklich krank,
auch wenn der Leibarzt nicht recht wusste,
warum sein Lebenswille sank.
Doch schwante es zum großen Glück
Suleika und auch Aladin:
Habibi muss zum Pol zurück,
in Schnee und Eis gehört er hin!

Dem Kleinen sagten sie Lebwohl
und Aladin rief Dschinn herbei.
„Bring ihn zurück zu seinem Pol.
Das ist mein Wunsch mit Nummer drei.
Erfüllst du ihn, gilt dir mein Dank
bis weit in alle Ewigkeit.
Vor Heimweh ist Habibi krank.
Nun mach, verliere keine Zeit!“

Der Flaschengeist schien schwer verlegen.
Er nahm Habibi in die Hand,
begann, sich in die Luft zu heben
gleich einem Nebel, und verschwand.
Zurück blieb eine große Pfütze.
Der kleine Eisberg schmolz dahin,
war in der Wüste zu nichts nütze,
im Sand, so ohne Pinguin ...

Suleika und ihr Aladin
wurden in der Tat ein Paar.
Sie sprachen oft vom Pinguin,
der wüstenungeeignet war.
Und in manch langen Südpolwintern
berichtete ein Pinguin
den Kindern und den Kindeskindern
von seinem Freund, dem Aladin.

Die Märchenstunde war vorüber
und Lohengrin, total entspannt,
dämmerte so langsam rüber
in einen Traum im Schlummerland.
Kaum hörbar schnarchte Lohengrin.
Der Nachmittag lief richtig rund.
Schlaf ist die beste Medizin.
Der Pinguin schlief sich gesund.

Nach gut einer Woche hatte Lohengrin seine schlimme Erkältung
überstanden. Allerdings musste die Oma in dieser Zeit ihr Märchen
von Aladin, dem Jungen aus dem Morgenland, und seinem Freund
Habibi, dem Königspinguin, noch gefühlte 73-mal vortragen. Danach war Lohengrin wieder auf den Beinen und das Leben in Prien
ging seinen gewohnten Gang.

Ihr denkt jetzt sicher, ich habe euch ein Märchen erzählt, was die
Oma und ihren Pinguin betrifft. Stimmt! Aber genau das war die
Absicht: euch durch mein Märchen-im-Märchen mit Oma Berta
vom Chiemsee und ihrem außergewöhnlichen Freund, dem spre-
chenden Pinguin Lohengrin, bekannt zu machen und vielleicht eure
Neugierde auf weitere Gedicht-Geschichten der beiden zu wecken.
Die gibt es natürlich – nicht gerade tausend und eine, aber doch fast
ein Dutzend. Und vielleicht wünscht ihr euch jetzt, mehr von dem
ungleichen Pärchen zu erfahren, zum Beispiel was die Oma und ihr
Lohengrin auf dem Oktoberfest machen oder was sie im sonnigen
Budapest und dem noch sonnigeren Florida oder in Berlin so alles
erleben. Und was es mit Lohengrin und der Queen auf sich hat ...

Evelyn Morgenroth *arbeitet in München und lebt in Vaterstetten.*

Wolfsmond

Langsam, sehr langsam senkt sich die Sonne als feuerroter Ball hinter den Baumwipfeln des dunklen Waldes. Okra liegt zusammengerollt auf seinem Felsen und beobachtet, wie die Sonne von der Verästelung der Bäume in tausend kleine Glutsteine geteilt wird. Ein leichter Wind kommt auf und legt sich wie ein seidenes Tuch auf sein dunkelgraues Fell, Okra klappt sein rechtes Ohr ein, um es vor dem Eindringen der Kälte zu schützen.

Gleich ist es so weit, gleich wird die Sonne dem Mond kurz begegnen. Sie werden sich über die Ereignisse im Wald austauschen und den Tag mit Einbruch der Dämmerung in Richtung Westen ziehen lassen. Die Nacht taucht, verbunden mit dem Mond, den Wald in ein tiefschwarzes Grau, in dem Bäume mit Felsen und Sträuchern verschmelzen und zu seltsamen Wesen werden, die sich hin und wieder gespenstisch bewegen.

Okra verlässt seinen Felsen und geht langsam zurück in den Wald. Vorsichtig streift er durch das Dickicht und betritt seinen von Moos bewachsenen Bau, der so köstlich nach feuchtem Holz und Pilzen duftet. Mit dem Einbruch der Nacht beginnt das lange Warten auf den Tag. Okra fühlt sich traurig und einsam. Denn während seine Wolfsgefährten lustvoll den Mond anheulen und sich damit über alle Neuigkeiten im Wald unterhalten können, hat er eine seltsame Angst davor, den Mond auch nur anzusehen.

Der Mond, ein Gebilde, das nachts aus unerklärlichen Gründen leuchtet. Eine Erscheinung, die ihre Gestalt mit jeder Nacht anders aussehen lässt. Mal ist er nur eine Sichel, schmal und scharf, dann wieder groß, rund und so nah, dass man meinen könnte, er fiele einem jeden Moment auf den Kopf. Zeitweise ist die gespenstische Kugel gar nicht zu sehen. Zudem ist der Mond fleckig, diese dunklen Stellen sehen aus wie Verletzungen nach einem wilden und mörderischen Kampf. Für Okra ist der Mond gefahrvoll, böse und unheimlich.

Manchmal wird allerdings die Einsamkeit des kleinen Wolfes so übermächtig groß, dass er seinen ganzen Mut zusammennimmt und nachts auf den Felsen klettert, um zu heulen. Wenn er dann jedoch diese übermächtig große, fleckige Kugel anblickt, steigt in ihm wieder die Angst auf. Eine Angst, die sich wie eine Luftblase vom Seegrund löst und beim Aufsteigen immer schneller wirbelt, bis sie endlich an der Oberfläche zerplatzt. Mehr als ein leises Winseln hat Okra nachts auf dem Felsen bisher noch nie zustande gebracht. Im besten Fall war es ein Knurren, das dem Misstrauen gegenüber dem Mond und der Enttäuschung sich selbst gegenüber Ausdruck verlieh.

Jetzt in seinem gemütlichen Bau, während das Moos seinen kleinen Wolfsbauch wärmt, überlegt Okra angestrengt, wer ihm helfen könnte, seine Angst zu überwinden. Angst, bei diesem Wort fällt ihm sofort der Begriff *Angsthase* ein. Hasen, genau, Hasen sind ständig in Angst und laufen davon. Wie kommen Hasen damit zurecht, ständig in Angst zu leben? Okra beschließt, sich gleich am nächsten Morgen auf den Weg zu machen, um mit den Angsthasen darüber zu sprechen. Zufrieden legt er seinen kleinen Wolfskopf auf die Vorderpfoten und schläft in froher Erwartung auf die Sonne ein.

Am nächsten Morgen kitzeln kleine Sonnenstrahlen in Okras etwas zu groß geratener Wolfsnase. Die Sonne erwärmt den Waldboden, der daraufhin Feuchtigkeit in kleinen Nebelschwaden in die Höhe steigen lässt. Okra macht sich auf den Weg, um die Angsthasen zu treffen.

Vorsichtig streift der kleine Wolf am Waldrand entlang, den Blick auf das freie Feld gerichtet, um einen Hasenbau zu finden. Lang muss er nicht suchen, bis er plötzlich eine kleine Vertiefung im Feld entdeckt, aus der zwei Hasenohren hervorspitzen. Okra geht direkt auf den Hasenbau zu, die Ohren sind sofort abgetaucht und nicht mehr auszumachen. „Typisch Angsthase", denkt er.

Als er vor dem Hasenbau steht, steckt er seine Nase in die kleine Öffnung, in der die Hasenohren verschwunden sind. Ja, hier riecht es eindeutig nach Hase, seine Nase erkennt sofort den köstlichen Duft.

Langsam entfernt er sich wieder vom Hasenbau und legt sich in gebührendem Sicherheitsabstand vor die Hasenburg. Stunden vergehen, bis Okra plötzlich eine Stimme aus dem Hasenbau hört.

„Was willst du? Solltest du nicht schon lange wieder im Wald sein?"

Okra ist sichtlich aufgeregt und hellwach, als er antwortet. „Ich bin hier, weil ich mit euch reden möchte. Ich suche jemanden, der weiß, wie man mit Angst umgeht. Vor allem wie man gut mit ihr leben kann. Ich denke, da bin ich bei euch richtig. Ist es nicht so?"

Minuten vergehen, keine Antwort. Dann bewegt sich etwas in der Hasenburg. Okra erblickt erst ein paar Hasenohren, schließlich einen komplett durchtrainierten Hasen, der stolz aufgerichtet vor ihm steht. Okra betrachtet den muskelbepackten Körper des Tiers. Die kräftigen Hinterläufe und die muskulöse Brust. Lässig kaut der Hase an einem Grashalm, der seitlich aus seinem Mund ragt. Dabei schmatzt er laut und lächelt den kleinen Wolf an.

„Ist Osthafer, echt cooles Zeug, damit kommst du echt gut drauf. Magst mal probieren?"

„Nein, danke", erwidert Okra. Der Hase kommt ihm irgendwie seltsam vor.

Selbstbewusst geht das Langohr ein paar Schritte auf Okra zu, kommt ihm dabei aber nicht zu nah. „Mein Name ist Romer der Flinke. Was will so ein kleiner Wolf hier im freien Feld? Glaubst du wirklich, du hast hier auch nur eine winzige Chance, einen von uns zu fangen? Junge, Junge, wie kann man nur so dumm sein?"

Okra setzt sich auf und ist bemüht, sich extrem langsam zu bewegen. Angsthasen laufen viel zu schnell weg, wenn man sie erschreckt. Trotzdem ist er vom Auftreten des Hasen beeindruckt. Mit leiser Stimme antwortet er: „Ich bin gekommen, weil ich etwas verstehen möchte, das mich seit langer Zeit quält. Wie kommt ihr Hasen, auch Angsthasen genannt, mit eurer Angst klar? Ist es nicht schrecklich, immer und überall davonzulaufen? Ständig auf der Flucht vor jedem und allem zu sein?"

Der Hase dreht sich daraufhin um und ruft in Richtung Hasenburg: „Habt ihr das gehört? Er denkt, wir haben Angst."

Aus dem Hasenbau ertönt sogleich ein lautes, zum Teil hysterisch klingendes Hasengelächter.

Auch Romer der Flinke hält sich den Bauch vor Lachen und blickt dabei immer wieder ungläubig zu Okra. Nachdem er sich beruhigt hat, wendet er sich wieder dem kleinen Wolf zu. Er schaut sehr eindringlich und ernst, als er sagt: „Mein lieber kleiner Wolf, ich will dir ein Geheimnis verraten. Etwas, was dich dein ganzes Leben begleiten und unterstützen kann. Ja, du hast recht, wir laufen vor allem und jedem davon – aber nur mit den Augen eines Wolfes betrachtet. Aus der Sicht eines Hasen laufen wir vor euch her. Wir machen das, um Feinde wie dich von unserem Hasenbau mit den Jungtieren fernzuhalten. Vor euch herzulaufen heißt, jeden Tag sein Leben zu riskieren und auch manchmal sich zu opfern. Das ist Mut und hat mit Angst überhaupt nichts zu tun. Verstehst du, was ich dir damit sagen möchte, kleiner Wolf?“

Okra sieht den Hasen mit großen Wolfsaugen an und erwidert: „Du meinst also, dass es nur darauf ankommt, aus welcher Sicht ich Dinge betrachte?“

„Ja, genau“, antwortet Romer der Flinke. „Angsthasen sind wir in deinen Augen – Helden sind wir aus unserem Blickwinkel. Ich hoffe, es hilft dir, eine neue Sichtweise auf unser Verhalten zu bekommen, kleiner Wolf. Sieh Dinge, wie du sie sehen möchtest, aber vergiss dabei nicht, dass es der Spaß am Leben ist, der uns glücklich macht. Du hast es in der Hand und somit die Wahl, etwas positiv mit Spaß oder negativ mit Angst zu begegnen.“ Romer der Flinke dreht sich daraufhin um und geht zurück in seine Hasenburg. Dabei bemüht er sich, betont lässig zu gehen und seine Muskulatur auf Spannung zu halten.

Als Okra zurück in den Wald tapst, vorbei an den Sträuchern und den Bäumen, wird er plötzlich sehr nachdenklich. Zurück in seinem Bau legt er sich wieder auf sein geliebtes Moos und denkt viel über die Hasen und ihre Sichtweisen nach.

„Wenn ich mir nun vorstellen würde, dass der Mond mein Freund ist? Wenn ich ihm einmal ganz offen gegenübertreten würde, was würde dann passieren?“ Der kleine Wolf grübelt den gesamten restlichen Tag über das, was Romer der Flinke zu ihm gesagt hat, nach.

Als die Dämmerung einsetzt, geht Okra in Richtung seines Felsens. Sein kleiner Wolfsbauch zieht sich dabei heftig zusammen und er muss seinen ganzen Mut aufbringen, um auf den Felsen zu klettern. Es ist noch hell, aber die Sterne kann man schon als winzige Diamanten am Himmel funkeln sehen. Und dann, ganz plötzlich und unverhofft, taucht der Mond vor Okra auf. Mit einem sanften, weichen Gelb bringt er das zarte Wolfsfell Okras zum Erstrahlen. Dünne Wolkenfäden umspielen den Mond und verleihen ihm ein zartes und beruhigendes Antlitz. Die tiefen Krater, welche sich als dunkle Flecken auf dem Mond abzeichnen, ergeben ein beruhigendes Muster und strahlen eine gewisse Weisheit aus. Die Luft ist klar und alle Tiere im Wald scheinen den Atem anzuhalten, eine angenehme Stille erfüllt den Wald. Der Himmel um den Mond erscheint in einem tiefen, weichen Samtblau, einem Blau, das Okra in einer derartigen Schönheit noch nie zuvor gesehen hat. In diesem Moment verliebt sich der kleine Wolf in den Mond, der sanft und beruhigend auf ihn herabstrahlt.

Okra spürt eine innere Wärme in sich hochsteigen. Wellen der Freude und tiefen Zufriedenheit durchströmen den kleinen Wolfskörper in einer Art und Weise, wie er es nie zuvor gespürt hat. Vom Glück derart ergriffen, löst sich eine kleine Wolfsträne und landet vor Okra auf dem Felsen. In ihr spiegeln sich der Mond und Teile seines geliebten Waldes wider.

Urplötzlich verspürt Okra das tiefe Verlangen, seinen Kopf in Richtung des Mondes zu richten. Diese anmutige Himmelskugel der Weisheit und Liebe setzt in ihm eine sonderbare Kraft frei, die er nie zuvor gespürt hat. Vorsichtig, ganz vorsichtig und langsam öffnet sich die kleine Wolfsschnauze mit der etwas zu dicken Nase, um diesem wundervollen Verlangen nachgeben zu können, das von jeher in ihm schlummerte.

„AAAAHHHOOOOUUUUUUUUUUUUUUUUUU!!!“, stößt er hervor.

Stille, absolute Stille. Selbst das Rauschen der Bäume hält für eine kurze Zeit inne. Okra blickt noch immer zu der von Liebe erfüllten gelben Murmel. Wie wundervoll und mystisch das Licht von ihr ausgeht!

Eine tiefe Zufriedenheit, gepaart mit Verunsicherung, durchströmt seinen Körper. Wurde sein Heulen gehört? War er eventuell zu leise? Ist er in dem Wald alleine? Gibt es hier vielleicht gar keine Wölfe? Sondern nur ihn und den wundervollen Mond?

Plötzlich, in dem Moment, als Okra schon seine etwas zu dicke
Nase nach unten senkt, um sich seiner Traurigkeit und Einsamkeit
hinzugeben, ertönt etwas. Erst klingt es noch sehr weit entfernt. Ist
es überhaupt real?

Doch dann ist es ganz deutlich zu hören. Aus allen Richtungen
ertönt ein Heulen voller Leidenschaft und Hingabe.

Okra verspürt ein Gefühl von Zugehörigkeit und Liebe. Sein kleiner Wolfskörper wird von Freude durchströmt. Er ist nicht allein
und er hat durch eine kleine Veränderung seines Blickwinkels sein
komplettes Leben verändert.

*Nico Pirner, Jahrgang 1963, ist seit Jahren als Führungskraft mit Per-
sonalverantwortung im technischen Bereich tätig. Nicht nur tagsüber,
sondern auch nachts geht er vielfältigen Beschäftigungen nach, zum
Beispiel als Bewerbungs- und Kommunikationstrainer. Er ist unter anderem staatlich geprüfter Elektrotechniker, technischer Betriebswirt
und Dozent am Bildungszentrum Nürnberg. Seit 2017 ist er Lehrtrai-
ner der NLP und bietet zertifizierte Ausbildungen an: www.nlp-np.de.*

Der gute Mond

Es waren einmal zwei Kinder. Sie waren vor langer Zeit von einer Magierin entführt und verzaubert worden. Das Mädchen war in einen Schmetterling verwandelt worden und der Junge in ein Reh. Sie lebten einsam hinter den fünf Bergen im Zauberwald.

Eigentlich waren sie auf ihre Weise ziemlich glücklich: Sie spielten den ganzen Tag im Garten und genossen die Ruhe und den Frieden. Sie hatten ihr Gedächtnis verloren und konnten sich nicht mehr an die Eltern erinnern.

Ab und zu kam die Zauberin vorbei und schaute nach dem Rechten. Sie war gut zu ihren verzauberten Kindern und gab ihnen genug zu essen. Wenn sie Zeit hatte, spielte sie sogar mit ihnen Verstecken oder Fangen.

Ein großes Spinnennetz schützte die Geschwister vor neugierigen Gästen oder Wanderern, die sich verirrt hatten. Das Netz hielt alle Gefahren von ihnen ab.

Nur ein Mensch konnte sie von dem Zauber erlösen. Es musste jemand sein, der beide Tiere sehr liebte und ihnen seine Liebe offen zeigte.

So gingen die Jahre ins Land.

Die armen Eltern jedoch, die weit entfernt am anderen Ende des Waldes wohnten, hatten ihre Hoffnung nie aufgegeben, die Kinder irgendwann einmal wiederzufinden. Sie liefen jeden Tag im Wald umher und suchten nach Spuren. Am Anfang hatten sie noch Steckbriefe an jeden Baum geheftet, doch niemand hatte die Kinder gesehen.

Jeden Abend, wenn es dunkel wurde, öffnete die arme Mutter das Fenster und betete zum Mond, dass er ihr ihre Kinder wiederbringen möge. Der Vater schimpfte, denn er glaubte nicht an die Kraft des Mondes. Trotzdem betete die Mutter jeden Abend.

Irgendwann erhörte der Mond sie und hatte großes Mitleid mit der armen Frau, die über Nacht graue Haare bekommen hatte. Er überlegte, wie er ihr helfen konnte. Nachdenklich blickte er durch die Wolken in den Wald. Da entdeckte er den jungen Wanderburschen Hans. Dieser wollte sein Glück in der Welt versuchen und war schon seit einigen Wochen unterwegs. Er war ein fröhlicher junger Mann, der vor nichts Angst hatte. Nachts schlief er im Wald unter den Bäumen, tagsüber wanderte er und suchte sich Arbeit. So hatte er schon einige nette Menschen kennengelernt und war froh, wenn er für sie etwas reparieren konnte und sie ihm im Gegenzug eine warme Mahlzeit spendierten.

Der Mond hatte Gefallen an dem jungen Mann gefunden und plötzlich kam ihm eine Idee. Er leuchtete in dieser Nacht so stark, dass Hans keinen Schlaf fand. Obwohl er müde war, stand er wieder auf und verließ sein Nachtlager. Wie ferngesteuert wanderte er weiter, immer weiter. Der Mond lenkte seine Schritte und so gelangte er zu dem Spinnennetz der Zauberin. Hier verließ ihn der Mond, denn die Sonne machte sich langsam auf den Weg und wollte den Himmel für sich haben. Der Mond hoffte, dass sein Plan aufgehen würde.

Die beiden Geschwister waren mit dem ersten Sonnenstrahl wach. Fröhlich aßen sie ihr Frühstück und spielten dann wieder draußen im Garten.

Der Bruder, der Hubert hieß, sprang auf seinen Rehbeinen übermütig durch den Garten und rief: „Bianca, fang mich, wenn du kannst!“

Das ließ seine Schwester sich nicht zweimal sagen. Sie flatterte mit ihren wunderschönen Flügeln hinter Hubert her und setzte sich schließlich auf seine schwarze, kleine Nase. Das kitzelte so sehr, dass Hubert niesen musste. Dreimal musste er niesen und davon wurde Hans wach. Er wunderte sich, wo er gelandet war, und fühlte sich so müde, als wäre er die ganze Nacht gewandert. Verwundert rieb er sich die Augen und erblickte das Spinnennetz mit einem Herz in der Mitte. Das sah sehr seltsam aus. Er stand auf und sah sich um, als er plötzlich Stimmen vernahm und ein Haus entdeckte. Doch wo waren die dazugehörigen Menschen?

Unvermittelt stand ein Reh vor ihm und starrte ihn an. „Bist du ein schönes Tier", entfuhr es Hans und er streckte seine Hand aus, um das Reh zu streicheln.

Hubert erstarrte. Außer der Zauberin hatte er schon ewig keinen Menschen mehr gesehen. Auch Bianca wusste nicht recht, was sie machen sollte.

„Ich bin ein Wanderbursche und suche Arbeit und etwas zu essen. Leider kannst du mir nicht helfen, schönes Reh", murmelte Hans vor sich hin.

„Doch, ich kann dir helfen", antwortete Hubert.

Hans erstarrte. Hatte das Reh eben gesprochen? So etwas hatte er noch nie erlebt.

„Komm mit ins Haus, ich zeige dir die Küche und du kannst dich satt essen."

Da Hans sehr hungrig war, folgte er dem Reh, auf dessen Rücken ein wunderschöner Schmetterling saß. Als er einen Becher Milch getrunken und ein Brot verspeist hatte, fragte er, wie er den Tieren helfen könne.

Die beiden mussten nicht lange überlegen. „Du kannst mit uns Verstecken spielen", sagten sie wie aus einem Munde, denn sie liebten dieses Spiel und die Zauberin war schon einige Tage nicht mehr bei ihnen gewesen, weil sie zu einem Kongress musste.

Hans willigte ein. Er hatte schon seit Jahren nicht mehr Verstecken gespielt und fand immer mehr Gefallen daran. Er wurde an seine eigene Kindheit erinnert und lachte bald herzlich mit den Tieren.

Sie spielten den ganzen Tag, bis es dunkel wurde. Hans musste sich nun langsam von den beiden verabschieden. Traurig sah ihn das Reh an und der schöne Schmetterling ließ die Flügel hängen. Da fiel Hans auf, wie lieb er die Tiere gewonnen hatte. Er hatte einen Kloß im Hals und konnte kaum Abschied nehmen. Er umarmte das Reh und weinte dabei. Eine seiner Tränen landete auf einem Flügel des Schmetterlings. Plötzlich waren alle in einen weißen Nebel gehüllt und es wurde ganz hell. Vor Hans standen nun ein wunderschönes junges Mädchen und ein großer, schlanker Junge. Den Kindern fiel ein, dass sie verzaubert gewesen waren, und ihr Gedächtnis kam mit einem Schlag zurück.

Nun begriff auch Hans die Geschichte und er half den Geschwistern dabei, das Spinnennetz zu durchbrechen und den langen Weg nach Hause zu finden. Der Mond war inzwischen aufgegangen und leuchtete ihnen zufrieden den Weg.

Als sie am Elternhaus ankamen, ging gerade die Sonne auf. Die Mutter öffnete die Tür und erblickte ihre erwachsenen Kinder. Sie rief nach ihrem Mann und auch er konnte kaum glauben, was er vor sich sah.

„Wir sind zurück!", strahlten die Geschwister und umarmten die Eltern stürmisch.

Auch Hans schien bereits mit zur Familie zu gehören. Er brach seine Wanderschaft ab und heiratete die schöne Bianca.

Der gute Mond lächelte und war glücklich und die Mutter bedankte sich jeden Abend bei ihm. Einmal glaubte sie sogar, dass er ihr zugezwinkert hatte.

Dörte Müller (*1967) schreibt seit mehreren Jahren Kurzgeschichten und Kinderbücher. Leseproben von ihr findet man unter www.bookrix. de. Sie lebt in den Niederlanden mit ihrer Familie und unterrichtet Englisch, Deutsch und Kunst.

Die drei Wünsche des Paul-Leander

Es war einmal ein kleiner Junge, der hieß Paul-Leander. Er war vier Jahre alt, hatte kurze blonde Haare und lebte mit seiner Familie in einem großen Haus. In seinem Kinderzimmer standen viele bunte Spielsachen, eine Menge Autos und auf dem Fußboden fuhr eine Holzeisenbahn.

Ja, Paul war ein glückliches Kind bis zu dem Tag, als seine Mutter sagte: „Ab nächste Woche gehst du in den Kindergarten."

Das gefiel ihm gar nicht. Mit fremden Kindern das Spielzeug teilen und sich von Kindergärtnerinnen Befehle geben lassen? Nein, das wollte er nicht und so beschloss er, seine Familie zu verlassen. Ganz allein wollte er aber nicht losziehen und entschied sich daher, Pepe mitzunehmen. Pepe war sein Kater und in Katzenjahren gerechnet genauso alt wie er.

Am nächsten Morgen in der Frühe nahm Paul seine Trinkflasche, drei Packungen Gummibärchen, Katzenfutter für Pepe und verließ das Haus.

Es war ein herrlicher Sommertag. Die Sonne schien, keine Wolken waren am blauen Himmel und die Vögel zwitscherten munter in der Luft. Paul marschierte die Straße entlang, bog rechts ab und lief über grüne Wiesen an einem plätschernden Bach entlang.

Da sah er einen Mann auf sich zukommen. Er trug eine weite blaue Hose, ein weißes Hemd und um den Hals ein leuchtend rotes Tuch. Unter dem Arm hielt er ein seltsames gelbes Gebilde, das wie ein Rad aussah. Paul hatte zwar etwas Angst, aber der Mann lächelte ihn freundlich an.

„Du siehst aber lustig aus", sagte Paul. „Wo kommst du her?"

„Ich komme aus den Niederlanden und hier unter meinem Arm trage ich einen Käse. Bei mir zu Hause gibt es viele Wiesen, das Gras fressen die Kühe und aus der Milch machen wir solch leckeren

Käse. Ich habe noch mehr davon und will ihn auf dem Markt verkaufen, aber leider finde ich ihn nicht."

Paul war froh, dass er dem Mann helfen konnte, denn den Markt kannte er gut. Am Wochenende ging er häufig mit seiner Mama dorthin.

Da sagte der Fremde: „Als Dank schenke ich dir einen Käse, und wenn du Hunger hast und ein Stück davon isst, hast du einen Wunsch frei. Egal welchen, er wird dir erfüllt."

Paul nahm den Käse, rief nach Pepe und marschierte fröhlich weiter.

Eine Weile später begegnete ihm ein junges Mädchen. Es trug ein Kleid mit einem engen, geschnürten Oberteil und einem weiten bunten Rock mit einer Schürze darüber. In der Hand hielt es einen Korb.

Paul war neugierig und fragte: „Was hast du in deinem Korb und wo kommst du her mit diesem seltsamen Kleid?"

Da lächelte das Mädchen. „Ich trage ein Dirndl und wohne in der Schweiz. Dort haben wir viele hohe Berge, Die Wiesen nennen wir Almen. Bei uns weiden die glücklichsten Kühe und sie geben die beste Milch der Welt. Daraus stellen wir unsere berühmte Schokolade her, die ich hier in meinem Körbchen habe. Aber jetzt habe ich mich verlaufen. Ich gehöre zu einer Tanzgruppe und wir treten heute bei einem Volksfest hier in der Nähe auf."

Das Mädchen hob das karierte Tuch und ließ Paul in den Korb schauen. Dort lagen viele Tafeln Schokolade und er wurde plötzlich schrecklich hungrig.

Paul strahlte. „Ich weiß, wo das Volksfest ist", sagte er. „Meine Mama will mit mir hingehen."

Da war das Mädchen erleichtert. „Weißt du was? Als Dank schenke ich dir meinen Korb, und wenn du die Schokolade isst, hast du einen Wunsch frei. Was immer du dir wünschst, es wird dir erfüllt." Und schon war die Tänzerin aus der Schweiz verschwunden.

Nun war Paul ganz schön bepackt mit dem runden Käse und dem Korb mit Schokolade.

An leuchtend gelben Maisfeldern vorbeiwandernd, sah er in der Ferne einen Mann, der sich ihm näherte. Er trug einen großen schwarzen Hut, ein weißes Hemd mit Rüschenärmeln, darüber eine

Weste und eine schwarze, enge Hose. Am meisten aber gefiel Paul die rote Schärpe, die der Fremde um die Hüfte geschlungen hatte.

„Wo kommst du her?", fragte er. „Und was hast du da Riesiges unter dem Arm? Das scheint sehr schwer zu sein."

Der Mann lachte und nickte. „Da hast du recht. Ich komme aus Spanien, ich bin Tänzer und das ist ein Schinken aus Serrano. Den gibt es nur bei uns, denn nur wir haben die frische Bergluft und das milde Wetter, die der Schinken zum Trocknen braucht."

Da staunte Paul. „Und wo willst du damit hin?"

„Ich bin als Trauzeuge zu einer Hochzeit eingeladen." Er seufzte. „Ich befürchte jedoch, ich komme zu spät. Weißt du was, ich schenke dir den Schinken. Dann kann ich schneller laufen und komme noch rechtzeitig. Wenn du ein Stück vom Schinken isst, hast du einen Wunsch frei. Egal was, er wird in Erfüllung gehen." Und damit eilte der Fremde weiter.

Jetzt hatte Paul sehr viel zu essen, aber auch zu tragen, sodass er sich erst einmal auf den Boden setzte, um zu verschnaufen. Außerdem musste er sich seine Wünsche überlegen.

„Ja, ein richtig schnelles Auto, das wäre toll, aber leider bin ich dafür noch zu klein. Und andere Autos", dachte er, „habe ich genug. Oder vielleicht mehr Schienen für die Holzeisenbahn? Aber im Zimmer ist kein Platz dafür. Auch ein Hubschrauber wäre schön, aber wer hätte Zeit, mich mitfliegen zu lassen?" Er überlegte und überlegte, doch nichts wollte ihm einfallen, was ihm wirklich Spaß machen würde.

Da sah er drei Kinder den Weg entlangkommen. Sie blieben vor ihm stehen.

„Wer seid ihr?", fragte Paul.

Eines der Mädchen näherte sich ihm. Es hatte dunkle Haut, schwarze Haare und sprach so leise, dass Paul es nur schlecht verstehen konnte. „Ich komme aus Eritrea, das liegt im Norden von Afrika. Meine Eltern finden einfach keine Arbeit hier. So suche ich nach Beeren, damit wir etwas zu essen haben." Dabei schaute das Kind so traurig, dass Paul den Käse nahm und ihn dem Mädchen in die Hand drückte.

„Wenn du diesen Käse isst, hast du einen Wunsch frei und deine Eltern werden endlich eine Arbeit finden."

Dem zweiten Kind gab er den Korb mit Schokolade. Es stammte aus Rumänien und seine Familie sollte abgeschoben werden. Dabei war der kleine Junge in Deutschland geboren und sprach nur diese Sprache. Paul wollte, dass sie alle hierbleiben konnten.

Er schaute das dritte Kind an. Nein, den Schinken würde er behalten. Er war zwar schwer, aber wie sollte er sonst wieder nach Hause kommen? Den ganzen Weg zurücklaufen? Doch er zögerte, als er die Tränen im Gesicht des Jungen sah. Aus dem Irak kam er. Wie dünn er war und die Hose hatte überall Löcher. Der Vater war im Krieg gefallen und die Mutter war krank.

Da drückte Paul ihm den Schinken in die Arme, damit die Mutter wieder gesund wurde. Was sollte sonst aus dem Jungen werden, wenn er niemanden mehr hatte, der sich um ihn kümmern konnte?

Jetzt hatte Paul nur noch die drei Beutel Gummibärchen, das Futter für Pepe und doch fühlte er sich unendlich reich. „Ich wohne in einem großen Haus, ich habe eine Familie, die mich liebt, habe jeden Tag genug zu essen und alle sind gesund.“

Er nahm seine Trinkflasche, klemmte Pepe unter den Arm und marschierte den Weg zurück, den er gekommen war. Und am Montag würde er auch ganz sicher in den Kindergarten gehen.

Mara Raabe, Jahrgang 1942, bis 2011 als Augenärztin in eigener Praxis tätig. Drei Kinder, fünf Enkelkinder. Hobbys: Lesen, Reisen, Golfen, Bridge. Veröffentlichungen in diversen Anthologien, Gewinnerin des Ü70 2014, 3. Platz bei Literareon.

Lucies Freund

Manches auf der Welt passiert einfach so. Und die Menschen wissen gar nicht die Gründe dafür. Es gibt Orte, wo sich Mensch und Tier in Frieden und frei begegnen können.

Eines schönen Nachmittags ...
„Bin ich groß genug?", fragt Art das Mädchen Lucie.

Sie hat ihn stundenlang im Wald gesucht, jetzt steht sie bewundernd neben ihm. Schon vor Tagen sind sie sich zufällig im Wald begegnet. In jenem Friedenswald, an dessen Rand sich vor zwei Jahren ein paar Menschenfamilien angesiedelt haben, die nicht mehr in der Stadt leben wollen.

Jetzt lächelt Lucie den jungen Luchs Art zufrieden an, weil sie findet, dass er kluge Fragen stellt, statt so manches in sich hineinzufressen. „Ich finde, dass du groß genug bist", bestätigt sie mit freundlicher Stimme, denn sie meint, dass Art viele gute Gefühle verdient hat.

„Was du gesagt hast, finde ich sehr nett, Lucie", erwidert Art. Und auch er lächelt, spielt ein wenig mit seinen Pfötchen.

Aus den Bäumen winken ihnen mit ihren kleinen Schwingen die Vögel zu. Der blaue Himmel zeigt sein freundlichstes Gesicht, da die Sonne sich ihren Weg durch das Geäst und Dickicht des Waldes zu den Lebewesen bahnt.

Lucie hört einige Menschen am Rande des Waldes, die am Arbeiten sind. Es werden neue Häuser gebaut. Den Menschen ist wahrscheinlich egal, ob durch die laute Arbeit die Tiere gestört werden. Die Tiere haben, so meinen Art und Lucie, ihren eigenen Wald. Das ist aber leider nicht ganz sicher.

Natürlich weiß Lucie längst, dass Art ein junger Luchs ist, der noch viel Erfahrung braucht, um erwachsen zu werden. Wahr ist, nicht alle Menschen mögen ihn. Und wahr ist auch, dass seine Luchsfamilie nicht mehr bei ihm ist. Er findet die Menschen – außer Lucie – ziemlich seltsam. Vor einiger Zeit hat er bemerkt, dass seine Luchsfamilie nicht mehr im Wald lebt. Zum Glück hat er jetzt das Mädchen Lucie.

Diese hat ihm inzwischen beigebracht, dass manche Menschen auf die Jagd nach Tieren gehen, auch nach Luchsen. Denn nicht alle Menschen achten die Gesetze, die das verbieten. Zwar ist Lucie noch ein Kind, aber schon alt genug, um so einiges zu wissen. Daher weiß sie eben auch, dass Art erzogen werden sollte. Sie hält ihn für schlau. Und wer schlau ist, lernt schnell dazu. Das ist in Lucies Augen sehr gut.

Die beiden haben sich gemütlich hingesetzt. Art freut sich darüber, dass sich Lucie um ihn kümmert. Er lächelt vor sich hin.

Sie sagt: „Lieber Art, ich kenne mich aus mit dem Lernen. Denn ich gehe jeden Tag zur Schule. Die Lehrer bringen uns viel bei."

„Ach ja ...", meint Art, er windet sich ein wenig.

Lucie ist das ziemlich wichtig, in der sechsten Klasse ihrer Schule gilt sie als eines der klügsten Mädchen.

„Lieber Art, ich möchte für dich eine Freundin sein, die dir etwas beibringt, damit du genau weißt, welche Menschen dir Böses antun wollen." Das hat sie ziemlich laut gesagt, damit Art es ernst nimmt. Nun lächelt er nicht mehr.

Manchmal vermutet Lucie übrigens, dass die Tiere im Friedenswald den Menschen am Rande ihrer Heimat überlegen sind, weil sie das tun, was sie müssen, um zu überleben. Sie wollen von sich aus nur Frieden. Böses kennen sie gar nicht. Das ist bloß eine Vermutung Lucies, jedoch eine sehr wichtige.

Sie meint außerdem, dass die Menschen sich selbst für viel wichtiger halten, als sie sind. Das Bauen von Häusern, Straßen und von all dem, was sie umgibt, ist für Lucie nicht das Wichtigste im Leben. Mensch und Tier müssen sich verstehen, lediglich darauf kommt es ihr an.

„Die Luchse sind wieder in den Wäldern, was viele Jahre lang nicht so war. Das irritiert die Menschen. Sie finden nicht, dass die Luchse etwas bei ihnen zu suchen haben. Sollen sie doch woanders leben, meinen sie einfach", erklärt Lucie ihrem Freund Art.

„Sie glauben, dass auch die Wälder ihnen gehören, oder?“, fragt er nach.

„Ja, eben! Das glauben viele von ihnen. Es gibt auch Ausnahmen wie mich. Gerade die Erwachsenen wollen die Wälder besitzen, weil sie in ihnen Wanderungen machen. Manche wollen die Bäume fällen, damit sie mehr Platz für Häuser haben. Oder Tiere jagen ... tja, so ist das.“

„Das hört sich schlimm an. Verstehen sie die Tiere denn überhaupt nicht? Sie wissen doch so viel.“

„Die Lehrer wissen viel, manche andere Menschen auch. Doch es gibt zu viele Menschen, die nur daran denken, wie sie an mehr Besitz kommen können.“

„Schlimm, schlimm. Das ist nicht tierisch!“

„Es ist ganz menschlich gedacht, Art. Die Menschen denken vor allem an sich selbst.“

Art versinkt in tiefes Nachdenken. Aber im Wald ist alles wie zuvor. Solange die Menschen nicht in den Wald eindringen, wird sich auch nichts verändern.

Lucie verlässt ihren Freund. Morgen kommt sie bestimmt wieder.

Kay Ganahl

Sternenliebe

Mitten im weiten Weltall gab es einmal einen Stern. Er war nicht besonders groß, aber er leuchtete heller als viele seiner Brüder. Von der Erde aus sah man ihn in jeder Nacht am Himmel stehen. Zudem leuchtete er immer an derselben Stelle, was ihn besonders machte. Denn so sorgte er dafür, dass die Seefahrer einen Punkt am Himmel fanden, an dem sie sich orientieren konnten, und sich so nicht verirrten. Aber auch für die ganz normalen Menschen leuchtete er, sorgte dafür, dass sie sich des Nachts nicht verliefen.

Er fühlte sich wohl, weil er gebraucht wurde.

Früher hatte er sich in einem ganz anderen Teil des Universums aufgehalten, aber dort hatte er sich nicht mehr wohlgefühlt. Er hatte sich nämlich in ein strahlend schönes Sternenmädchen verliebt und war ihm gefolgt, um immer bei ihm zu sein. Zuerst hatte das Sternenmädchen mächtig viel von Liebe erzählt, aber bald schon leuchtete es nicht mehr für ihn, ließ ihn einfach stehen und zog weiter, immer der großen Liebe hinterher, die es wohl niemals finden würde.

Unser Stern war allein zurückgeblieben, grämte sich, fühlte sich enttäuscht und traurig. Um ein Haar hätte er aufgehört zu leuchten, doch nach einer langen, einsamen Zeit beschloss er, sich einen neuen Platz zu suchen. Von nun an wollte er keinem Mädchen mehr trauen und nie wieder aus Liebe alles aufgeben.

In einer besonders klaren Nacht leuchtete der Stern noch heller als sonst. Da schaute ein Mädchen zum Himmel hinauf. Von allen Sternen fiel ihm nur der eine auf. Nur ihn sah es an und keinen anderen.

„Du bist der allerschönste Stern der Welt", flüsterte es sanft.

Der Wind trug diese leisen Worte hoch hinauf bis zu dem Stern. Er schaute sich dieses seltsame Geschöpf genauer an, und obwohl es kein strahlendes Sternenmädchen war, sondern nur ein ganz normales Menschenkind, fühlte er ein ganz besonderes Funkeln.

Von nun an erstrahlte der Stern jeden Abend allein für das Menschenkind. Es schien ihm, als würden die Augen des Mädchens heller als jeder Sternenschein leuchten. Wenn es den Kopf in den Nacken legte, um ihn andächtig zu betrachten, dann strahlten seine Funkelaugen nur für ihn. Sehnsüchtig streckte das Mädchen die Arme aus, um den Stern zu umfassen. Aber weil der hoch oben am Himmel stand, konnte es ihn nicht berühren.

Allmählich, und ohne dass er es wollte, verliebte sich der Stern in das Menschenmädchen. Vielleicht auch, weil er ganz genau wusste, dass es ihn ebenfalls liebte.

Aber weil das Mädchen auf der Erde lebte und der Stern im Weltall schwebte, konnten die beiden sich immer nur ansehen. Manchmal wenn der Wind gut gelaunt war, trug er Worte der Liebe hin und her, aber meistens war das nicht der Fall.

Sosehr das Menschenmädchen sich auch bemühte, nie konnte es den Stern berühren. Schließlich wurde es sehr traurig und weinte bitterlich.

Der Stern sah die Tränen seiner Geliebten und wurde selbst ganz unglücklich. Er wollte zu ihr hinunterkommen und sie trösten, aber er zögerte. Wenn er seinen Platz verließ, würde ein anderer Stern seine Aufgabe am Himmel übernehmen. Er würde nie wieder zurückkehren können. Schon einmal war er bitterlich enttäuscht worden. Was, wenn auch dieses Mädchen ihn nicht mehr haben wollte, nachdem er alles für es aufgegeben hatte? War es ihm mit dem treulosen Sternenmädchen nicht genauso ergangen? Hatte er sich nicht geschworen, keinem Mädchen mehr zu trauen?

Doch während der Stern nachdachte, wurde das Menschenmädchen immer trauriger. Seine Augen leuchteten nicht mehr, kein Lächeln erhellte sein Gesicht. Schließlich hob es gar nicht mehr das Gesicht zum Himmel, um den Stern zu betrachten und Zwiesprache mit ihm zu halten.

Da fasste der Stern einen kühnen Entschluss. Er nahm seinen ganzen Mut zusammen, schwebte sacht zur Erde und landete sanft auf der Bank direkt neben dem Menschenmädchen, das sein Gesicht in den Händen vergraben hatte. Er hatte schreckliche Angst, dass das Mädchen ihn doch nicht haben wollte. Aber als es ihn mit großen Augen ansah, entdeckte er wieder das Leuchten, das ihn von Anfang an so sehr entzückt hatte. Nun, wo er ganz nah bei dem Mädchen war, bemerkte er sogar noch mehr. Er sah, dass seine Augen vor lauter Liebe leuchteten.

Da wusste der Stern, dass er die richtige Entscheidung getroffen hatte.

Angie Pfeiffer.

Die Prinzessinnen und der Stein der Weisheit

Es war einmal in einem kleinen Königreich. Dort lebten der König, die Königin und ihre beiden Töchter. Die Töchter waren wunderschön und ihre Eltern waren stolz auf sie. Prinzessin Lisa und Prinzessin Stella waren freundlich und beim Volk sehr beliebt.

Nun war es für König Theobald und Königin Mathilde an der Zeit, darüber nachzudenken, welche ihrer Töchter das Reich einmal regieren sollte. Die Entscheidung fiel ihnen nicht leicht, da sie beide Kinder von Herzen liebten. Wie sollten sie entscheiden, welche Prinzessin Königin werden sollte?

Der König holte sich Rat bei seinen Ministern. Diese überlegten und machten Vorschläge. Doch keiner dieser Vorschläge gefiel König Theobald. Es musste jedoch eine Entscheidung getroffen werden, schließlich durfte sein Reich nicht ohne Königin sein.

Eines Tages kam ein befreundeter König zu Besuch und König Theobald klagte diesem sein Leid. Der Freund sprach daraufhin: „Mein lieber Theobald, du hast eine schwere Aufgabe zu lösen. Höre meinen Vorschlag. Schicke deine Töchter auf eine Reise. Sie sollen dir von dieser Reise den Stein der Weisheit mitbringen. Die Prinzessin, die dir den Stein bringt, soll Königin werden."

Theobald wiegte nachdenklich den Kopf hin und her. So eine Reise war gefährlich. Was konnte seinen geliebten Töchtern nicht alles passieren?

Da ihm jedoch keine andere Lösung einfiel, sagte er: „So soll es sein. Gleich morgen werde ich die Prinzessinnen losschicken."

Sofort wurde am Hof mit den Vorbereitungen für die Reise begonnen, während Prinzessin Lisa und Prinzessin Stella in ihrem Schlafgemach saßen und über die bevorstehende Aufgabe sprachen.

„Oh Stella, ich fürchte mich vor der Reise. Noch nie war ich ohne dich fort von hier."

Stella legte tröstend ihren Arm um die Schwester. „Hab keine Angst. Wir werden gesund nach Hause zurückkehren."

Lisa kuschelte sich an ihre Schwester. „Wenn du es sagst, will ich es glauben. Doch ob ich die Aufgabe lösen kann, vermag ich nicht zu sagen."

Stella lächelte. „Eine von uns wird den Stein finden und heimbringen. Und wenn wir zurück sind, werden wir gemeinsam hier im Schloss leben."

Die zwei unterhielten sich noch eine Weile, dann begaben sie sich zur Ruhe. Sie wollten am nächsten Morgen gut ausgeruht sein.

Der Morgen brach an und die Zofe weckte die Prinzessinnen. Diese bekamen Reisekleidung angezogen, und nachdem sie gefrühstückt und sich von den Eltern verabschiedet hatten, machten sie sich auf den Weg. Prinzessin Lisa ritt nach Osten, Prinzessin Stella nach Westen. Sie hofften, dass eine von ihnen den Stein finden würde, damit sie ins Schloss zurückkehren konnten.

Bald traf Prinzessin Lisa auf einen alten Mann. Dieser bat die Prinzessin um etwas zu essen. Sie stieg vom Pferd, holte ihren Proviant hervor und gab dem Alten zu essen und zu trinken.

Er bedankte sich und sprach: „Holde Prinzessin, ich kann Euch zu Eurem Ziel führen. Ihr wart gut zu mir und deshalb möchte ich Euch helfen."

Die Prinzessin lächelte. „Ich würde mich über Gesellschaft freuen. Gern darfst du mich begleiten."

Gemeinsam setzten sie also ihren Weg fort.

Prinzessin Stella traf unterdessen auf einen Gnom. Dieser hatte nichts Gutes im Sinn und verschleppte die Prinzessin in seine Behausung.

Prinzessin Lisa kam mit ihrem Begleiter nur langsam voran. Oft ließ sie ihn reiten und führte ihr Pferd am Zügel. Die Reise wurde jedoch nicht langweilig, denn der Alte wusste viele Geschichten zu erzählen. Da er sich gut auskannte, erreichten sie bald das Tal, in dem der Stein der Weisheit versteckt war.

Prinzessin Lisa staunte, als sie all die wunderschönen Steine sah, die in dem Tal lagen. Sie blickte sich um und sagte zu ihrem Begleiter: „Es ist wunderschön hier. Doch wie soll ich unter all diesen Steinen den richtigen herausfinden?"

Ihr Begleiter lächelte. „Das ist nicht schwer, Prinzessin. Ihr müsst nur die Augen schließen und Eurem Herzen folgen. Aber vorsichtig, es könnte sein, dass ihr abgelenkt werdet. Wenn ihr die Augen zu früh öffnet, so werdet ihr zu Stein."

Die Prinzessin nickte. Sie schloss die Augen und tastete sich vorsichtig durch das Tal. Ein paarmal hörte sie Stimmen, die ihr ins Ohr säuselten, sie solle ihre Augen öffnen. Da der Alte sie jedoch gewarnt hatte, widerstand sie der Versuchung und hielt die Lider fest verschlossen.

Mit einem Mal spürte sie eine wohlige Wärme und gleich darauf hielt sie einen Stein in Händen. Sie öffnete die Augen und wusste, dass dies der Stein der Weisheit war.

Glücklich kehrte sie zu ihrem Begleiter zurück. Doch was war geschehen? Dort wartete kein alter Mann auf sie, sondern ein stattlicher Prinz.

Dieser sprach: „Meine liebste Prinzessin, Ihr habt mich von meinem Fluch befreit. Wollt Ihr meine Frau werden?"

Prinzessin Lisa, die den Prinzen trotz seines bisherigen Aussehens bereits lieb gewonnen hatte, willigte ein.

Die zwei beschlossen, zum Schloss zurückzukehren, doch als sie sich auf den Weg machen wollten, blitzten im Kopf der Prinzessin plötzlich und unerwartet Bilder ihrer gefangenen Schwester auf. Schnell berichtete sie ihrem Prinzen davon und sogleich eilten die Verliebten los, um Stella aus den Klauen ihres bösartigen Entführers zu befreien.

Als sie an der Behausung des Gnoms ankamen, stellte sich ihnen dieser in den Weg. Ohne zu zögern, zückte der Prinz mutig sein Schwert, kämpfte tapfer und besiegte schließlich den hinterlistigen Gnom.

Kurz darauf war Prinzessin Stella frei. Überglücklich schlossen die Schwestern einander in die Arme. Gemeinsam kehrten alle zum Hof von König Theobald zurück.

Dort wurden sie bereits sehnsüchtig erwartet. Da Prinzessin Lisa den Stein der Weisheit gefunden hatte, sollte sie die künftige Königin werden. Ihren König hatte sie ja bereits gefunden.

Doch auch Prinzessin Stella sollte ihr Glück finden. Prinz John hatte einen älteren Bruder. Dieser kam zum Schloss von König Theobald, um seinen verloren geglaubten Bruder wiederzusehen. Als er Prinzessin Stella erblickte, verliebte er sich auf der Stelle in sie.

So kam es, dass einen Monat später eine prächtige Doppelhochzeit gefeiert wurde.

Und wenn sie nicht gestorben sind, dann leben sie noch heute.

Antje Steffen *wurde 1969 in Kiel geboren. Die Autorin lebt seit über fünfzehn Jahren im Süden von Schleswig-Holstein. Ihre Geschichten und Gedichte wurden bereits in vielen Anthologien veröffentlicht. Ein paar davon auch bei Papierfresserchens MTM-Verlag. Mehr über Antje Steffen erfahrt ihr unter www.kunterbuntergeschichtenbasar.jimdo.com*

Willis schönster Ausflug

Als der kleine Wurm Willi morgens erwachte, vernahm er ein leichtes Klopfen über sich. Dieses Klopfen stammte vom Regen, das wusste er, denn Willi lebte unter der Erde im Wald.

„Schade", dachte er, „ausgerechnet heute an meinem dritten Geburtstag regnet es."

Doch es dauerte nicht lange, da hörte der Regen auf und Willi streckte seine Nase vorsichtig durch den noch feuchten Boden. Blätter kitzelten ihn und er musste so heftig niesen, dass ein Blatt in die Luft flog und genau auf seiner Nase landete. Er schüttelte sich, bis das Blatt hinabfiel. Langsam kroch er aus seinem Bau, um zu gucken, ob alles noch wie am Tag zuvor aussah.

Tatsächlich war fast alles wie gestern, nur der lange Ast, der vor seinem Bau lag, war irgendwie anders. Es sah aus, als ob dem Ast viele neue Zweige über Nacht gewachsen waren. Als Willi jedoch genauer hinschaute, erkannte er, dass es gar keine Zweige waren. Es waren seine Freunde, die sich um den Ast herum versammelt hatten und gerade sein Lieblingslied anstimmten. Willi guckte gerührt in die Runde. Es waren alle gekommen. Die Ameisen, die Käfer, viele Fliegen und Bienen und nicht zu vergessen die Tausendfüßler und Regenwürmer. Sogar ein paar grüne und schwarze Raupen und natürlich jede Menge Würmer. Als er seinen besten Freund Karl entdeckte, juchzte er vor Freude und machte einen Luftsprung.

Alle gratulierten Willi zu seinem Geburtstag und brachten kleine Geschenke. Doch das tollste Geschenk bekam er von Karl. Willi musste die Augen schließen und sein Freund führte ihn auf einen Hügel. Als er die Augen wieder öffnen durfte, standen sie vor einem großen Fliegenpilz.

„Heute machen wir einen Rundflug über den Wald", meinte Karl. „Ich weiß doch, dass es dein größter Wunsch ist, einmal in deinem Leben zu fliegen. Komm, wir können gleich einsteigen, es ist alles vorbereitet."

Willi hüpfte vor Aufregung hin und her, doch dann fragte er: „Darf ich noch Freunde mitnehmen?"

„Na klar", erwiderte Karl, „mach nur, hol ein paar von deinen Freunden."

Es dauerte nicht lange, bis Willi mit acht seiner besten Freunde zurückkam, und gemeinsam gingen sie zum Eingang des Pilzes. Der befand sich knapp unter der Erde, also für Menschen nicht sichtbar. Menschen wussten sowieso nicht, dass Fliegenpilze Flugzeuge waren, runde Flugzeuge, und die weißen Punkte waren die Fenster. Der Stiel des Pilzes diente als Start- und Landeplatz. All das wussten nur die kleinsten Tiere des Waldes. Große Tiere wie der Hase und der Fuchs wussten ebenfalls nichts davon. Und schon gar nicht die sehr großen Tiere wie der Hirsch und das Reh.

Nachdem alle im Flugzeug Platz genommen hatten, sprach der Kapitän, der ein Tausendfüßler war: „Meine lieben Gäste, heute machen wir einen ganz besonderen Rundflug, denn Wurm Willi hat Geburtstag. Ich fliege mit euch zum ersten Mal bis zum Waldrand, was eigentlich verboten ist. Doch heute wage ich es."

Einige riefen: „Oh, ah, toll, super!"

Plötzlich fing einer an zu weinen und wollte wieder aussteigen. Es war Eddi. Eddi war sehr klein und vor allem sehr ängstlich. Etwas Verbotenes wollte er auf gar keinen Fall machen. Karl versuchte, ihn zu beruhigen, doch Eddi war nicht umzustimmen und so stieg er schweigend und mit gesenktem Kopf wieder aus.

„Schade", flüsterte Willi, doch irgendwie verstand er Eddi, denn auch er hatte ein mulmiges Gefühl im Bauch.

Der Start war überwältigend, und ehe sie sich versahen, schwebten sie hoch über dem Wald. Wie schön er von oben aussah! So friedlich, so still, als ob dort keine Tiere wohnten.

Eine Weile war jeder von dem Ausblick so fasziniert, dass es ganz leise im Flugzeug war. Doch dann wollte Willi vom Kapitän wissen: „Was gibt es am Waldrand und warum ist es verboten, dorthin zu fliegen?"

Der Kapitän meinte: „Es wird erzählt, dass dort ein sehr böser Drachen lebt, der Feuer spuckt, wenn man in seine Nähe kommt, darum sollte man ihm lieber aus dem Weg gehen. Direkt verboten ist es nicht, aber bis heute hatte keiner den Mut zu gucken, ob es überhaupt stimmt, was erzählt wird. Ich dachte, da wir so viele sind, könnten wir es wagen. So stark wie wir ist der Drache sicherlich nicht, denn wir sind zu acht und der Drache ist ganz allein."

Willi überlegte einen Moment, schließlich meinte er: „Kapitän Tausendfüßler, du hast recht. Einer muss endlich mal den Mut haben und überprüfen, ob es stimmt, was erzählt wird. Vielleicht ist das alles nur erfunden, ausgedacht."

Willis Freunde nickten und riefen: „Genau, wir sind dabei!"

Von nun an guckten alle gespannt aus den Fenstern. Jeder wollte der Erste sein, der den Drachen entdeckte, denn in der Ferne sah man, dass der Wald endete. Die große Lichtung kam immer näher. Willis Herz schlug bis zum Hals und er rutschte aufgeregt auf seinem Sitz hin und her.

„Da", rief er, „guckt mal, da winkt einer wie wild! Der Drache, es ist der Drache, der da winkt. Und er ruft was. Seid mal ganz leise, damit ich verstehe, was er will."

Und dann sahen und hörten es alle. „Hallo, ihr da oben, ich freue mich so, dass ich endlich mal Besuch bekomme."

Der Kapitän hielt Ausschau nach einem Landeplatz und setzte schließlich zur Landung an. Vorsichtig krochen sie aus dem Pilz heraus.

Es dauerte nicht lange, da stand ein sehr kleiner Drache vor ihnen und es sprudelte nur so aus ihm heraus: „Noch nie ist hier ein Flugzeug gelandet. Noch nie habe ich Besuch bekommen. Ich lebe hier ganz allein und bin oft sehr traurig. Ich freue mich so, dass ihr da seid."

Willi ergriff das Wort. „Heute ist mein Geburtstag und wir haben einen Ausflug gemacht."

„Dein Geburtstag", rief der kleine Drache, „das ist ja toll! Dann werde ich dir etwas ganz Besonderes schenken. Schau nach oben. Ich werde Feuer speien und damit Tiere in die Luft malen."

Tatsächlich tanzten kurze Zeit später Hasen, Rehe, Enten, Vögel und eine Schar Würmer aus Feuer am Himmel umher. Willis Freunde klatschten Beifall.

Der Kapitän rief: „Kannst du auch mich malen?"

„Na klar, ich werde dich riesengroß malen."

Und erneut guckten alle staunend nach oben. Tausend Füße liefen am Himmel entlang.

Einige riefen: „Oh, ah, das gibt's doch nicht."

Auf einmal wurde der Drache ernst und fragte: „Warum seid ihr nicht schon früher gekommen?"

Der Kapitän nahm seinen ganzen Mut zusammen und sprach das aus, was über den Drachen erzählt wurde.

Da wurde dieser sehr traurig und fing an zu weinen. „Das stimmt ja alles gar nicht", jammerte er. „So was Gemeines erzählt man von mir? Wie gut, dass ihr so mutig wart, um zu gucken, ob das wirklich wahr ist. Jetzt frage ich euch: Bin ich gefährlich? Sehe ich wie ein Bösewicht aus?"

„Nein", schrien sie im Chor. „Du bist ein sehr netter, gastfreundlicher, kleiner Drache."

Der Tag war so spaßig, dass sie am liebsten noch länger geblieben wären. Doch der Kapitän bestand darauf, jeden Einzelnen wieder zu Hause abzuliefern. Aber sie versprachen dem kleinen Drachen wiederzukommen.

Schon bald!

Marion Philipp ist Jahrgang 1947 und in Hamburg geboren. Sie schreibt Lyrik und Kurzgeschichten. Diese sind in verschiedenen Anthologien nachzulesen. Ferner hat sie 2010 ein Buch veröffentlicht. Viel Freude bereiten ihr Lesungen. Auch das Fotografieren gehört zu ihren Hobbys.

Die verwunschene Prinzessin

Vor vielen Jahren lebten im Zauberland der Fantasie ein König und eine Königin. König Pfiffikus regierte sein Land friedlich und war für seine außergewöhnlichen Einfälle bekannt. Im Land der Fantasie standen die Tore weit offen und jeder, der mochte, konnte herein- oder hinausspazieren. So war es nicht verwunderlich, dass sich die unterschiedlichsten Geschöpfe im Land ansiedelten. Mittlerweile lebten dort Zauberer, Elfen, Zwerge ...

Der König war stolz auf sein Königreich und er hätte glücklich sein können, wenn die Königin nicht so traurig gewesen wäre. Sie weinte den ganzen Tag, aß kaum noch und wurde immer dünner.

Als der König dies bemerkte, bekam er Angst und fragte: „Liebes, du weinst nun schon wochenlang. Sag mir, was bedrückt dich?"

„Ach", seufzte die Königin und wischte sich die Tränen aus den Augen. „In unserem Zauberland ist es wunderschön, aber das Schönste und Beste fehlt mir."

„Meine Liebste, sag mir, was es ist! Ich besorge es dir."

„Ich wünsche mir ein Kind und bekomme keins. Ohne Kind will ich nicht mehr leben. Bitte, lieber Mann, hilf mir! Geh zum Zauberer und bitte ihn um eine Medizin."

Der König eilte sofort zum Zauberer und bat: „Lieber Zauberer, meine Frau möchte ein Kind und bekommt keins, kannst du helfen und ihr einen Zaubertrank brauen?"

„Das kann ich", nickte der Magier. „Aber was gibst du mir dafür?"

Pfiffikus fiel ein Stein vom Herzen und versprach: „Wenn das Kind ein Jahr alt ist, bekommst du am Morgen danach mein halbes Königreich."

Der Zauberer musterte den König. Da er Pfiffikus aber nicht traute, verlangte er: „Gib mir das schriftlich, damit du dich später noch daran erinnerst."

Der König nahm ein Plakat vom Tisch des Zauberers und schrieb mit großen Buchstaben: *Morgen bekommst du mein halbes Königreich.*

Der Zauberer heftete das Plakat an die Wand und machte sich an die Arbeit. Er holte eine geheime Tinktur aus seiner Zauberwerkstatt, füllte sie in eine Flasche, hob seinen Zauberstab und murmelte:

„Drei wie Vater, Mutter, Kind –
drei miteinander verwoben sind.
Drei heißt die magische Zahl –
drei ist die richtige Wahl.
Drei mal drei, neun Monde vergangen sind,
dann bekommt die Königin ihr Kind."

Danach wedelte er dreimal mit seinem Zauberstab durch die Luft, reichte dem König die Flasche und empfahl: „Geh zur Königin, wenn sie drei Tage lang dreimal drei Tropfen davon trinkt, wird sie in neun Monaten Mutter sein."

Die Königin nahm die Medizin wie empfohlen und brachte tatsächlich neun Monate später eine Tochter zur Welt. Die Freude war riesengroß. Sie feierten ein prächtiges Fest und im Freudentaumel der Gefühle schenkte der König seiner schönen Prinzessin sein halbes Königreich.

Als ein Jahr vergangen war und das Königspaar den Geburtstag seiner Tochter feierte, kam der Zauberer und verlangte das halbe Königreich. Der König erschrak und begriff, wenn er dem Zauberer und seiner Tochter jeweils eine Hälfte seines Reiches gab, hatte er nichts mehr.

Er forderte das Plakat vom Zauberer, nagelte es an die Wand und versicherte: „Morgen bekommst du mein halbes Königreich."

Am anderen Tag erschien der Zauberer von Neuem und verlangte seinen Lohn. Der König zeigte auf das Plakat und erklärte: „Warum kommst du heute? Morgen bekommst du mein halbes Königreich."

Als er am dritten Tag wieder auftauchte und der König das Gleiche sagte, merkte der Zauberer, dass Pfiffikus ihn überlistet hatte. Er konnte kommen, wann er wollte, es war immer heute und nie morgen.

Verärgert schwang er den Zauberstab über der Prinzessin durch die Luft und grollte mit Funken sprühenden Augen:

„Heute, heute und nicht morgen
werde ich es gleich besorgen.
Die Prinzessin, hübsch und fein,
soll ein Schwan auf dem Schlossteich sein."

Er hatte es kaum ausgesprochen, da rauschte er mit wehendem Gewand davon. Die Verwünschung hallte noch im Raum nach, und ehe alle begriffen hatten, was geschehen war, war die Prinzessin verschwunden.

Der König erstarrte, er lugte aus dem Fenster und entdeckte auf dem Schlossteich einen wunderschönen Schwan. Nun war die Trauer groß.

Der König ging zum Zauberer und flehte: „Bitte erlöse meine Tochter, ich gebe dir mein halbes Königreich."

Der Zauberer nickte zustimmend, nagelte ein Plakat an die Wand und schrieb mit dicken Buchstaben darauf: *Morgen erlöse ich die Prinzessin.*

Pfiffikus gab nicht auf und fragte listig: „Sag, Zauberer, wenn du morgen meine Tochter erlöst, was kann ich tun, wie kann ich helfen?"

„Du?", polterte der Zauberer. „Du kannst niemals deine Tochter erlösen, nur wer ehrlichen und reinen Herzens ist, kann sie retten."

Der König grinste raffiniert, nun kannte er die Lösung für sein Problem.

Er eilte in sein Schloss und ließ im ganzen Land verkünden, wenn einer ehrlichen und reinen Herzens sei und seine Tochter erlöse, bekäme er sein halbes Königreich. Die Kunde verbreitete sich in Windeseile und aus allen Winkeln der Erde kamen Prinzen, Zauberer und Riesen, die alle das halbe Königreich haben wollten. Doch keiner war ehrlichen und reinen Herzens und niemand schaffte es, den Bann zu brechen.

So vergingen die Jahre und der Schwan drehte traurig seine Runden auf dem Schlossteich. Die Königin saß jeden Tag am Wasser und weinte und weinte. Sie weinte so lange, bis ihre Augen austrockneten und sie keine Tränen mehr zum Weinen hatte. Der König verkroch sich in seinem Schloss und brütete tagein, tagaus über einer Lösung. Aber ihm fiel keine List ein, wie er den Fluch brechen konnte.

Jedes Mal, wenn er zum Zauberer ging und um Gnade bat, gelobte dieser: „Morgen erlöse ich die Prinzessin."

Im Schloss herrschte große Trauer und die Jahre zogen still und hoffnungslos dahin.

Eines Tages zerriss die Schlossglocke die Stille. Der laute Klang riss selbst den König aus seinen trüben Gedanken. Er eilte zur Pforte und blickte verdutzt auf einen jungen Burschen. „Wer bist du? Was willst du hier?"

Der Junge zeigte keine Scheu und sagte keck: „Ich bin der Bäcker Friedo und suche Arbeit in deiner Schlossbäckerei. Wenn du mich nimmst, wirst du es nicht bereuen. Ich backe die besten Torten der Welt, und wenn du meine probiert hast, wirst du keine anderen mehr essen wollen."

Pfiffikus war verblüfft von so viel Kühnheit. Er gab dem Jungen die Schlüssel zur Bäckerei und meinte: „Das will ich sehen. Stimmt es, was du sagst, wirst du mein Schlossbäckermeister."

Der König staunte, als der Junge ihm am anderen Morgen eine köstliche Torte servierte. Das Backwerk war so lecker, dass es sogar der Königin ein Lächeln auf die Lippen zauberte und sie noch mehr davon haben wollte.

Das machte die Runde und alle im Zauberland wollten nun auch solch einen Kuchen haben. Friedo backte jeden Tag bis in den Abend hinein, und wenn endlich Feierabend war, ging er zum Schlossteich. Der Schwan hatte sich mit dem Bäckermeister angefreundet und kam immer sofort angeschwommen.

Friedo klagte ihm seine Sorgen. „Ach, lieber Schwan, ich bin genauso einsam wie du. Alle wollen meine Torten, aber vor lauter Arbeit habe ich keine Zeit mehr für Freunde. Ich würde alles dafür geben, wenn ich dich erlösen und wir miteinander reden könnten." Der Schwan legte den Kopf in Friedos Schoß und ließ sich streicheln.

So ging es jeden Tag.

Abends wartete der Schwan schon und Friedo seufzte wieder: „Ich würde alles dafür geben, wenn ich dich erlösen könnte. Und wenn ich die ganze Nacht dafür backen müsste ...“

Als der Zauberer davon hörte, erkannte er, dass Friedo ehrlichen und reinen Herzens war, und schloss mit ihm einen Handel: „Wenn du mir eine Torte backst, von der ich nie genug bekomme, und ich mir keine bessere herbeizaubern kann, dann erlöse ich die Prinzessin. Wenn du es nicht schaffst, musst du Tag und Nacht backen.“

Friedo schlug ein, ging in die Backstube, nahm die besten Zutaten, die er auftreiben konnte, und backte die ganze Nacht hindurch. Gegen Morgen war eine dreistöckige Torte fertig und obendrauf thronte ein prächtiger weißer Schwan aus Marzipan.

Der Zauberer probierte die Torte und konnte nicht mehr aufhören zu essen. Sosehr er sich auch bemühte, er konnte keinen schmackhafteren Kuchen herbeizaubern.

Der Magier hielt sein Versprechen, und als der Bäckermeister zum Schlossteich ging und dem Schwan seine Liebe anvertraute, verwandelte sich das Tier in eine wunderschöne Prinzessin.

Gisela Luise Till lebt in Alsdorf bei Aachen. Das Schreiben hat sie immer begleitet, doch erst als Seniorin fand sie die Muße, sich dem Schreiben intensiver zu widmen, und veröffentlichte, inspiriert durch ihre Enkelin, die immer mehr von ihren Geschichten hören wollte, das Fantasybuch Die Zauberperle. *Seitdem ist die 72-Jährige häufig in den Anthologien von Papierfresserchens MTM-Verlag mit ihren Geschichten vertreten. Schreiben ist für sie träumen, eintauchen in eine andere Welt, in der sie ihre Gedanken auf Reisen schickt und neue Geschichten ersinnt.*

Die List der Königstochter

Es war einmal ein Königspaar, das ein großes Reich regierte. Es hatte eine Tochter namens Marian, doch die Königin konnte keinem zweiten Kind das Leben schenken. Da die hochwohlgeborenen Eltern nicht wollten, dass die Prinzessin alleine aufwuchs, nahmen sie die kleine Elisabeth, die Tochter einer Kammerfrau, wie ihr Eigen an und zogen sie zusammen mit Marian auf.

Das Herrscherpaar wurde immer älter und auch die beiden Mädchen wuchsen zu jungen Frauen heran.

Schließlich ließ der König Marian zu sich rufen und sagte: „Kind, deine Mutter und ich kommen langsam in die Jahre, wo wir daran denken, uns zur Ruhe zu setzen. Wir sind sicher, dass du unser Reich so gütig regieren wirst, wie wir das getan haben. Aber damit wir dir den Thron anvertrauen können, möchten wir, dass ein Mann an deiner Seite steht. Er soll dir Halt geben und dir helfen, schwere Entscheidungen zu treffen. Ich werde einen großen Ball veranstalten, zu dem ich alle ledigen, jungen Männer einladen werde, doch wählen musst du deinen Gemahl selbst."

Und so kam es.

Am Abend vor dem großen Fest plagten die junge Prinzessin Zweifel und so bat sie Elisabeth in ihr Zimmer. „Keiner der jungen Männer hätte wohl etwas dagegen, mich zu heiraten und somit König dieses Landes zu werden. Ich möchte jedoch nur jemanden heiraten, dem ich selbst wichtig bin und nicht nur mein Land. Bitte, hilf mir! Lass uns für einen Abend die Rollen tauschen und sehen, wer es ehrlich meint."

Elisabeth war einverstanden mit dieser List und so geschah es.

Als sich alle Gäste eingefunden hatten und man ankündigte, dass Prinzessin Marian auf dem Fest eingetroffen war, trat Elisabeth durch die Tür des Prunksaales. Der König und die Königin blickten einander verwundert an, ließen Elisabeth aber gewähren. Auch als Marian als Schwester der Prinzessin angekündigt wurde und erschien, schwiegen die beiden im vollsten Vertrauen auf ihre Tochter. Danach folgte ein Empfang, bei dem alle Gäste den Schwestern vorgestellt wurden.

Als der König mit Elisabeth den Ball eröffnete, erkundigte er sich nach dem Grund dieses Verwechslungsspiels. Das Mädchen erklärte ihm Marians Sorge und die deshalb ersonnene List. Der König war beeindruckt von der Klugheit seiner Tochter.

Als das Stück geendet hatte, war es an den jungen Männern, die beiden Damen um einen Tanz zu bitten. Und wie Marian es vermutet hatte, erklärte jeder Elisabeth zur schönsten Frau im Raum und gestand, sich sofort in sie verliebt zu haben. Doch diese lächelte nur und bat, dass man auch mit ihrer Schwester tanzen möge, damit diese sich nicht langweile. So tanzte jeder Werber sowohl mit Elisabeth als auch mit Marian. Aber alle Jünglinge verhielten sich gleich. Sie waren Marian gegenüber höflich, jedoch reserviert und stellten während des gesamten Tanzes nur Fragen über die Thronerbin. Keiner versuchte, das zweite Mädchen kennenzulernen.

Um Mitternacht waren nur noch einige Männer übrig, die nicht mit den beiden Schwestern getanzt hatten. Da kam ein junger Mann mit schlichtem Gewand auf Marian zu und bat sie um den nächsten Tanz. Doch er begann nicht wie all die anderen, von ihrer Schwester zu sprechen, sondern musterte Marian eindringlich.

Diese erwiderte seinen Blick erstaunt. „Habt Ihr bereits mit meiner Schwester getanzt?", fragte sie schließlich.

Der junge Mann schüttelte den Kopf. „Nein, ich habe meinen Bruder gebeten, ein weiteres Mal mit Eurer Schwester zu tanzen, und er war nur allzu gerne dazu bereit. Dafür hat er seinen Tanz mit Euch an mich abgetreten. Aber wenn Ihr darauf besteht, werde ich natürlich auch mit ihr tanzen." Er lächelte sie an, doch Marian war noch immer misstrauisch.

„Das klingt, als wäre es Euch lästig, mit ihr zu tanzen. Aber sie ist wunderschön und bald Königin eines riesigen Reiches."

Der junge Mann nickte. „Es stimmt. Eure Schwester wird bald ein riesiges Reich regieren, doch es war nicht ihr Lächeln, das mich sofort verzaubert hat, sondern das Eure."

Marian errötete. „Doch Euch ist klar, dass ich nie eine Königin sein werde?“, wollte sie wissen.

Ihr Gegenüber lächelte nur. „Auch ich werde kein König sein, mein Bruder wird einmal das Reich unserer Eltern regieren. Aber ich wollte mich nicht in eine zukünftige Königin verlieben, sondern in ein Mädchen, das einmal Königin meines Herzens werden kann. Und das könntet Ihr sein, wenn Ihr wollt.“

Marian blickte ihn an und spürte, dass seine Gefühle echt waren. Ihr Herz tat einen Satz und so flüsterte sie: „Ja, das will ich.“

Dann küssten sich die beiden und Marian wusste, dass sie das Richtige getan hatte.

„Vater, Mutter, ich möchte euch meinen zukünftigen Gemahl vorstellen“, verkündete sie schließlich und nahm den Jüngling an beiden Händen. „Ich hoffe, Ihr seid nicht sehr enttäuscht, aber ich fürchte, Ihr habt Euch entgegen Eurem Vorhaben doch in eine zukünftige Königin verliebt. Ich bin Marian, die wahre Thronerbin. Aber wenn Ihr wollt, kann ich sowohl Königin meines Reiches als auch Königin Eures Herzens sein.“

Glücklich nahm der junge Mann seine zukünftige Frau in die Arme.

Mit einem Schlag waren alle Werber um Elisabeth herum verschwunden. Sie erwartete, dass nun auch ihr Tanzpartner sich abwenden würde, doch dieser hielt sie weiterhin in seinen Armen.

„Elisabeth?“, fragte er.

Verlegen nickte sie. „Ja, ich bin nur die Schwester der Thronerbin. Verzeiht den Schwindel, Ihr könnt ruhig gehen wie die anderen.“

Doch er schüttelte den Kopf. „Weshalb sollte ich? Ich habe alles, was ich vorhin zu Euch sagte, ernst gemeint ...“

Elisabeth unterbrach ihn. „Was wollt Ihr denn mit jemandem wie mir? Meine Mutter ist eine einfache Kammerfrau. Ich bin keine zukünftige Königin!“

Der junge Mann lächelte. „Ich suche auch kein Königreich, denn das habe ich selbst. Ich suche eine Frau an meiner Seite, auf die ich mich verlassen kann. Und um die zu werden, braucht man kein Königreich, sondern ein gutes Herz. So wie Ihr es habt!“

Als der König sah, dass auch das zweite Mädchen, das ihm wie eine Tochter war, strahlte, richtete er das Wort an alle Gäste. „Dieses

Fest zeigt, dass sich oft unter ehrliche Menschen mit wahren Gefühlen Heuchler mischen, die nur auf der Jagd nach Ruhm und Geld sind. Deshalb bin ich sehr froh, dass jede meiner Töchter einen Mann gefunden hat, der das Herz auf dem rechten Fleck hat und der sie wirklich liebt. Und so gebe ich beiden meinen Segen für ihre Hochzeiten. Diese sollen so bald wie möglich stattfinden."

So geschah es auch. Es wurde eine prunkvolle Doppelhochzeit gefeiert. Das Königspaar setzte sich zur Ruhe, Marian und ihr Mann übernahmen die Regierung und Elisabeth ging mit dem Prinzen in sein Königreich.

Alle lebten glücklich bis an ihr Lebensende.

Und wenn sie nicht gestorben sind, dann leben sie noch heute.

***Karin Wimmer** wurde im niederösterreichischen Kamptal geboren. Die Autorin war schon als Kind begeisterter Bücherfan und entschied sich schon früh, ihre eigenen Ideen schriftlich festzuhalten. Neben einigen Märchen, von denen drei bereits in Anthologien veröffentlicht wurden, hat sie auch schon drei Romane geschrieben, die bisher jedoch noch nicht in Buchform herausgebracht wurden. An einigen weiteren Projekten arbeitet sie derzeit.*

Prinzessin der Tiere

Es war einmal ein Prinz, der sich auf Brautschau befand. Als Erstes führte ihn sein Weg ins benachbarte Königreich. Er hatte gehört, dass dort eine besonders schöne und gütige Prinzessin lebte. In ihrem Land war sie besonders für ihre Tierliebe bekannt. Jedem Streuner gab sie Nahrung und Wasser, jedes kranke Tier versorgte sie mit Medizin. Und für jedes müde Tier hielt sie einen Schlafplatz bereit. Ihr Volk bewunderte und liebte sie dafür und nannte sie deshalb *Prinzessin der Tiere*.

Als der Prinz schließlich die Prinzessin zum ersten Mal sah, verliebte er sich sogleich in sie. Auch die Prinzessin der Tiere verliebte sich in den Prinzen, als sie ihn erblickte. Und weil die Liebe der beiden zueinander über alle Maßen groß war, hielt der Prinz augenblicklich um die Hand der Prinzessin an. Der König ließ sofort Vorbereitungen für das große Hochzeitsfest treffen, zu dem Alt und Jung, Arm und Reich aus nah und fern geladen wurden.

Doch einige Tage vor der Hochzeit erkrankte die Prinzessin ganz plötzlich und unerwartet an einer schmerzhaften Krankheit. Kein Arzt oder Heiler vermochte der Prinzessin zu helfen oder ihre Schmerzen zu lindern. Schließlich geschah das Unfassbare und die Prinzessin starb an der geheimnisvollen Krankheit, bevor die Hochzeit stattfinden konnte. Das ganze Land trauerte um die Prinzessin der Tiere. Auch der Prinz war traurig und verzweifelt. Nacht für Nacht rief er im Traum nach der verstorbenen Geliebten.

So vergingen viele Monate, ohne dass es der trauernde Prinz bemerkt hätte. Schließlich jährte sich der Tag des Todes zum ersten Mal. Und in dieser Nacht, als der Prinz wieder nach der Prinzessin der Tiere rief, erschien sie ihm tatsächlich im Traum.

Der Prinz sagte: „Ich bin so traurig, weil du nicht mehr da bist. Du fehlst mir so sehr. Nie mehr werde ich lieben können."

Doch die Prinzessin sprach: „Liebster, du hast jetzt lange genug getrauert. Der Tod hat mir meine Schmerzen genommen. Und dein Leben muss nun weitergehen. Dein Vater ist schon sehr alt und wird nicht ewig leben. Du musst dir eine Frau suchen, die dir ein liebes Eheweib ist und deinem Volk eine gute Königin. Glaube mir, du wirst eine finden, die dich liebt und die du auch lieben wirst. Wenn du möchtest, helfe ich dir, die Richtige zu finden. Ich werde einen Zauber aussprechen, der dich in einen Hund verwandelt. Und die Frau, die zu dir als Hund herzensgut ist und dich gernhat, wird dich auch als Mensch aufrichtig lieben. Denn nur die wahre Liebe und Güte kann dich zurückverwandeln. Versprich mir, diese Frau zu heiraten. Aber bedenke, dass du im kommenden Winter wieder im Schloss deines Vaters sein musst, damit du in der Kälte bei Schnee und Eis nicht draußen erfrierst. Ich werde dich bei deiner Suche begleiten. Ich bin das Licht in den Sonnenstrahlen und das Leuchten der Sterne in der Nacht." Der Prinz dankte seiner verstorbenen Braut und gab ihr das erbetene Versprechen.

Als der Prinz erwachte, sah er im Spiegel, dass er tatsächlich in einen Hund verwandelt worden war. So machte er sich als Hundeprinz auf den Weg in die angrenzenden Königreiche. Doch jede Prinzessin, die er traf, verwies ihn des Reiches. Keine hatte ein liebes Wort für ihn. Durch die langen Wanderungen war sein Fell schon ganz schmutzig und verfilzt. An keiner Tür bekam er Einlass.

Und so gingen Monate ins Land, in denen der Hundeprinz erkannte, dass es keine gütige Prinzessin gab. Schließlich musste er sich auf den Rückweg machen, um dem einbrechenden Winter zu entgehen. Auf dem Heimweg zum Schloss seines Vaters dachte er noch trauriger als zuvor an seine tiefe Liebe für die verstorbene Prinzessin der Tiere. Dabei sah er die ersten Schneeflocken und verzweifelt wurde ihm klar, dass er den Weg zurück zum Schloss nicht mehr schaffen würde. Erschöpft und durstig brach er zusammen, mit den Gedanken bei seiner einstigen Geliebten ...

Als er erwachte, lag er auf einem Lager aus Stroh in einer einfachen Bauernhütte, umhüllt von einer Decke. An seiner Seite sah er eine wunderschöne, schlafende Bauerntochter.

Als sie erwachte, lächelte sie den Hund an und sagte: „Schön, dass es dir besser geht. Ich habe dich im Wald gefunden. Die leuchtenden Sterne haben mir den Weg zu dir gezeigt. Ich trug dich zu mir nach Hause. Du musst essen und trinken, damit du wieder zu Kräften kommst. Du kannst so lange hierbleiben, bis es dir besser geht."

Als der Hundeprinz sich etwas erholt hatte, badete sie ihn und bürstete sein Fell, bis es glänzend und seidig war. Nachdem er wieder vollständig bei Kräften und der Winter fast zu Ende war, wollte er sich auf den Weg zurück zum Schloss machen.

Die Bauerntochter sprach zum Abschied: „Warte. Du darfst stets hier einkehren und ausruhen. Es wird für dich immer etwas zu essen und zu trinken geben. Du bist jederzeit herzlich willkommen und darfst gern noch bleiben, wenn du möchtest. Ich habe dich nämlich sehr gern und sorge auch gern weiter für dich."

Und als sie den Hundeprinzen im Licht der Sonnenstrahlen zum Abschied umarmte und sein Fell küsste, verwandelte er sich zurück in den Menschenprinzen. Die Bauerntochter sah den stattlichen Jüngling und verliebte sich sofort in ihn.

Der Prinz erzählte ihr vom Zauber seiner verstorbenen Geliebten und musste sich eingestehen, dass er die Bauerntochter während der gemeinsamen Zeit von Herzen lieb gewonnen hatte. So nahm er sie mit ins Schloss, um sie zu heiraten.

Am Tag vor der Hochzeit gingen beide zum Grab der Prinzessin der Tiere, das von tausend Sonnenstrahlen beschienen wurde, und bedankten sich für den Zauber, der die beiden zusammengeführt hatte. Am nächsten Tag heirateten sie und im ganzen Land ward ein Fest gefeiert, das drei Tage und Nächte dauerte.

Und wenn sie nicht gestorben sind, leben sie noch heute …

Susann Scherschel-Peters ist Mama, Diplom-Pädagogin, ausgebildete Trauerbegleiterin/-rednerin und arbeitet hauptberuflich im Beratungsbereich. Als Autorin schreibt sie Kurzgeschichten, Märchen, Gedichte und Elfchen für Kinder und Erwachsene, die bereits in verschiedenen Anthologien veröffentlicht wurden. Zudem ist sie nebenberuflich als Dozentin tätig und ehrenamtlich liest sie in einem Seniorenheim Märchen und Gedichte vor. Sie lebt zusammen mit Mann und Sohn in Frankfurt am Main. Aktuell schreibt sie an ihrem ersten Sachbuch für Erwachsene. Mehr unter: www.susann-scherschel.de

Das Ende
des Regenbogens

Valeria war ein kleines, neugieriges Mädchen. Wenn sie eines Tages groß war, wollte sie unbedingt Forscherin werden, denn sie wollte wissen, wer dieser Mann im Mond war, der jede Nacht in ihr Bettchen schaute, und wieso manche Erwachsene sagten, dass sie das Gras wachsen hörten, obwohl Valeria selbst noch nie auch nur das geringste Geräusch wahrgenommen hatte. Jedes Wochenende, wenn schönes Wetter war, legte sie sich auf die Wiese und hielt ihre Ohren direkt ins Gras. Doch sie hörte einfach nichts. Das Seltsame war jedoch: Wenn sie am nächsten Wochenende wieder in der Wiese lag, dann war das Gras eindeutig gewachsen. Wie konnte das sein, wo sie doch nichts gehört hatte?

Oder wieso war ein Ei, das ihre Mutter in die Pfanne schlug, erst in der Mitte gelb und außenherum durchsichtig und wurde dann weiß? Wieso war ein Glas Wasser durchsichtig, aber wenn sie ins Meer schaute, war dieses blau?

Es gab so viele Fragen, denen sie unbedingt nachgehen musste. Doch die wichtigste Frage war: Wo endete der Regenbogen? Sie hatte schon oft einen Regenbogen gesehen und sie war auch schon oft in die Richtung gelaufen, wo er eigentlich enden musste, doch bisher hatte sie das Ende nie erreicht.

Sie beschloss, sich weiterhin jedes Wochenende auf die Wiese zu legen, und sobald sie einen Regenbogen sähe, würde sie loslaufen. Irgendwie musste es ihr doch gelingen, das Ende des Regenbogens zu erreichen.

Valeria tat genau das, was sie sich vorgenommen hatte. Jedes Wochenende lag sie auf der Wiese, doch es dauerte einige Wochen, bis ein Regenbogen auftauchte. Als es endlich so weit war und sie einen erblickte, stand sie sofort auf, und ohne ihrer Mutter Bescheid zu sagen, rannte sie los. Sie wusste, dass der Regenbogen wieder verschwand, wenn sie sich nicht beeilte. Sie rannte und rannte, doch es schien ihr gerade so, als würde sie dem Regenbogen kaum oder gar nicht näher kommen.

Plötzlich allerdings sah sie, wenn auch in einiger Entfernung, wo der Regenbogen den Boden berührte. Und nicht nur das. An ebenjener Stelle befand sich außerdem ein kleiner Zwerg, der sehr schwitzte. Anscheinend versuchte er, den Regenbogen zu verschieben.

Da Valeria sehr neugierig und überhaupt nicht ängstlich war, lief sie zu dem Zwerg und half beim Schieben, ohne etwas zu sagen. Der Zwerg schien sich über die Hilfe sehr zu freuen, auch wenn er sich erst einmal wunderte, wieso dieses Mädchen keine Angst vor ihm hatte. Normalerweise rannten die Menschen immer weg, wenn sie ihn sahen. Immerhin hatte er große Ähnlichkeit mit seinem Großvater, der das Rumpelstilzchen gewesen war. Und Rumpelstilzchen und die Menschen mochten einander seit der Sache mit der Bauerntochter, die Stroh zu Gold spinnen sollte, nicht mehr sonderlich.

Als Valeria und der Zwerg den Regenbogen um einiges weitergeschoben hatten, fing das bunte Gebilde langsam an, immer mehr zu verblassen, bis es plötzlich ganz verschwunden war.

Der kleine Zwerg setzte sich auf einen Stein, der gerade in der Nähe war, und sprach zu Valeria: „Setz dich doch mal zu mir.“

Da sie neugierig war, setzte sie sich neben den Zwerg und antwortete: „Aber gern doch, Du bist also derjenige, der dafür sorgt, dass man nicht so einfach zum Ende des Regenbogens gelangt?“

Der Zwerg erklärte: „Ja, genau, der bin ich, denn nur wer ein absolut reines Herz hat, darf das Ende des Regenbogens erreichen, und Menschen mit reinen Herzen gibt es fast keine mehr.“

Valeria sagte: „Oh ja, das glaube ich. So viel Leid und Unglück, wie es bei den Menschen gibt, und häufig sind sie daran auch noch selbst schuld.“

Der Zwerg nickte mit dem Kopf und sprach: „So ist es. Du allerdings scheinst ein reines Herz zu haben, denn sonst hättest du mich nicht gefunden und mir helfen können.“

Valeria freute sich und erwiderte: „Ach, kleines Zwergchen, das hab ich doch gerne getan. Ich helfe anderen, egal, ob sie groß, klein, dick, dünn, schwarz, weiß oder womöglich sogar grün oder gelb sind. Wenn jemand Hilfe braucht, dann bin ich da – so einfach ist das.“

Der kleine Zweg sprach: „Ich wusste es, du bist etwas Besonderes. Komm mal mit ...“

Valeria folgte dem Zwerg, bis sie eine versteckte Höhle erreichten, in der haufenweise Gold und Edelsteine lagen.

Der Zwerg sagte zu Valeria: „Als Dank für deine Hilfe darfst du dir so viel Gold und Edelsteine nehmen, wie du tragen kannst.“

Valeria griff sich so viel Gold und Edelsteine, wie sie tragen konnte, und ging voll Freude und glücklich zurück zu ihrer Mutter.

Als sie das Gold und die Edelsteine auf den Tisch legte, fragte ihre Mutter sie: „Oh, Valeria, wo hast du das denn her? Du hast doch nicht etwa gestohlen?“

Die Kleine lachte und sprach: „Oh, nein, Mama, du weißt doch, dass ich niemals stehlen würde. Ich habe das von einem kleinen, sehr kleinen Mann erhalten, weil ich ihm geholfen habe.“

Valerias Mutter grübelte zwar eine Weile, wie es sein konnte, dass ihre Tochter für eine kleine Hilfeleistung solch wertvolle Dinge bekommen hatte, aber da sie ihrer Tochter vertraute, fragte sie nicht genauer nach. Sie dachte nur: „Schön, dass meine Tochter so hilfsbereit ist, auch wenn es nicht ganz ungefährlich ist, wildfremden Menschen zu helfen. Aber das bringe ich ihr auch noch bei ...“

Susanne Weinsanto wurde 1966 in Karlsruhe geboren, lebt heute dort in der Umgebung und hat schon immer gerne Geschichten geschrieben. Allerdings fanden die Geschichten aus ihrer Kindheit nie den Weg in die Öffentlichkeit. Sie selbst ist in vielfältigster Weise künstlerisch tätig. Beispielsweise kam sie über den Umweg einer selbst moderierten und gestalteten Radiosendung in einem freien Sender in Karlsruhe zum Gesang. Parallel zum Gesang entwickelte sich das Interesse am eigenen Bühnenpuppenspiel und für das Geschichtenschreiben. Seit einiger Zeit macht sie bei den Ausschreibungen für Anthologien bei Verlagen mit und nimmt Keyboardunterricht.

Der Riese und der Bauernjunge

Ich möchte dir eine Geschichte erzählen. Eine Geschichte, die so unglaublich ist, dass ich sie nur wenigen Menschen vor dir erzählt habe. Um sie zu verstehen, braucht man viel Fantasie. Die meisten Leute haben davon nicht mehr viel. Aber ich bin mir sicher, dass diese Geschichte bei dir sehr gut aufgehoben ist.

Vor langer Zeit, aber nicht so lange, dass sich niemand mehr daran erinnerte, lebte ein Riese im Regenwald von Brasilien. Sein Name war Fernando und er war so groß, dass, wenn er sich streckte, seine Hände durch das Blätterdach des Urwalds stießen. Tief im brasilianischen Regenwald waren die Bäume bis zu vierzig Meter hoch. Höher als ein dreistöckiges Haus. So groß war Fernando. Deswegen war es sehr schwierig für ihn, einen Platz zum Schlafen zu finden. Alle Höhlen waren zu eng. Egal, wie sehr er sich bemühte, er passte nicht hinein. Auch ein Haus konnte er sich nicht bauen. Es wäre so groß geworden, dass die Menschen, die mit ihren Flugzeugen am Himmel flogen, ihn sofort gesehen hätten. Und das wollte Fernando nicht. Er war sehr scheu und befürchtete, dass er die Menschen mit seiner Größe erschrecken würde. Fernando hatte aber nicht die Absicht, irgendwen zu erschrecken. Dafür war er viel zu lieb.

Er mochte es, sich um die Tiere zu kümmern. Wenn ein Tier zu hoch auf einen Baum geklettert war und nicht mehr wusste, wie es herunterkommen sollte, dann half er ihm auf den Boden zurück. Er verarztete verstauchte Pfoten und gebrochene Flügel, und wenn die Vögel Nester bauten, dann half er ihnen, so gut er es mit seinen riesigen, dicken Fingern konnte.

Es dauerte nicht lange, da hatte Fernando eine Idee, wie er schlafen konnte, ohne dass er gesehen wurde. Er grub ein tiefes und langes Loch in den Boden. Es war vierzig Meter lang und zwanzig Meter breit. Ein Sturm, der vor einiger Zeit im Regenwald getobt hatte, hatte dafür gesorgt, dass große Äste auf dem Boden lagen. Die sammelte Fernando auf und band sie mit Lianen zusammen. Als er fertig war, hatte er so viele Äste gesammelt, dass er sich gemütlich mit seiner selbst gebastelten Astdecke zudecken konnte. Wenn er sie über seinen Kopf zog, dann konnte ihn keiner sehen. Und er zog sie gerne über seinen Kopf. Fernando liebte es, lange zu schlafen, und unter der Decke war es schön dunkel.

Eines frühen Morgens, als Fernando noch tief und fest schlief, waren Jäger im Dschungel unterwegs. Die Tiere waren in heller Aufregung und versuchten, sich zu verstecken. Aber viele wussten nicht, wo sie einen Unterschlupf finden sollten. Also eilten sie zu Fernando und versuchten, ihn zu wecken, damit er ihnen half. Aber der freundliche Riese schlief fest wie ein Stein. Die Tiere stießen ihn an, zwickten ihn sogar in Ohr und Nase, aber nichts konnte ihn wecken. Also beschlossen sie, zu ihm unter die Decke zu kriechen und zu hoffen, dass die Jäger sie nicht finden würden.

Als die Menschen auf die Lichtung kamen, wo Fernando sein Loch gegraben hatte, konnten sie keine Tiere entdecken. Sie gingen auf und ab, suchten nach Spuren und überlegten, wo sie noch hingegangen sein konnten.

Ein kleiner Hase hatte große Angst. Er zitterte am ganzen Leib. Die anderen Tiere schauten ihn böse an, denn sie fürchteten, dass sein Zittern alle verraten könnte. Aber der kleine Hase konnte nicht damit aufhören. Sein ganzer Körper bebte und auch sein Stummelschwänzchen wippte hin und her.

Hasen, musst du wissen, haben sehr kuschelige Schwänzchen mit ganz feinen Haaren. Sie sind so fein, dass sie kitzeln, wenn man sie vorsichtig berührt.

Das kleine Häschen saß direkt neben Fernandos Nase. Und als sein Schwänzchen nun vor Angst hin und her wedelte, kitzelte es den schlafenden Riesen in der großen Nase. Es kitzelte so sehr, dass Fernando davon niesen musste. „Hatschi!", schallte es durch den ganzen Wald.

Wenn ein Riese niest, dann tönt das lauter als eine Explosion. Der gesamte Urwaldboden bebte, sodass die Bäume wackelten.

Fürchterlich erschrocken ließen die Jäger ihre Gewehre fallen und suchten das Weite.

Fernando, der durch das Niesen wach geworden war, entdeckte nun die Tiere unter seiner Decke. Sie jubelten und bedankten sich bei ihm. Er selbst wusste jedoch nicht wofür. Erst als er die Gewehre fand, konnte er sich einen Reim darauf machen. Vorsichtshalber warf er sie in den Fluss, damit sie keinem der Tiere mehr wehtun konnten.

Als die Jäger ins Dorf zurückkehrten, erzählten sie allen Bewohnern, was sie erlebt hatten. Schnell verbreitete sich das Gerücht, dass auf einer Lichtung im Regenwald ein Monster wohnte, das so laut schreien konnte, dass sogar die Bäume zu zittern begannen.

Diese Gerüchte hörte auch David. Er war der Sohn einer armen Bauernfamilie. Sein Vater war krank und konnte die Felder nicht mehr alleine bestellen, sodass die Familie nicht wusste, wie sie über die Runden kommen sollte. David hoffte, dass, wenn er das Monster finden und erledigen konnte, er als Jäger arbeiten durfte. Bisher hatten die Jäger ihn immer fortgejagt, wenn er sie mit dem alten Gewehr seines Vaters begleiten wollte.

„Werd erst mal erwachsen", hatten sie gesagt. „Dir wächst ja noch nicht einmal ein Bart."

Aber jetzt hatte David die Chance, ihnen zu beweisen, dass er ein guter Jäger sein konnte.

Eines Morgens schlich er sich in aller Frühe in den Regenwald. Das alte Gewehr hielt er fest umklammert, als er die Lichtung betrat, von der die Jäger berichtet hatten. Ängstlich schaute er sich um, doch es war kein Monster zu sehen. So leise, wie er konnte, ging er umher und versuchte zu lauschen.

Plötzlich begann der Boden unter ihm zu beben. Fernando war durch die Schritte wach geworden. Langsam setzte sich der Riese auf und schlug die Decke zurück. Der Junge schrie vor Angst auf, als er sah, wie sich der Boden hob und über ihm einzustürzen drohte.

Zum Glück hörte Fernando Davids Angstschrei und hielt die Decke gerade noch fest. Vorsichtig schaute er an seiner aufgeschlagenen Decke vorbei und blickte dem jungen Dorfbewohner direkt in die Augen. David schrie erneut vor Angst auf, als er sich dem Gesicht des Riesen gegenübersah. Allein die Nase war so groß wie der Junge selbst.

„Oh, du bist ein Mensch. Entschuldigung, ich wollte dich nicht erschrecken", sagte Fernando langsam. Zitternd richtete David sein Gewehr auf den Riesen, doch der nahm es ihm einfach aus der Hand. „Diese Dinger sind gefährlich, pass auf, wo du das hinhältst", meinte er sanft.

„Du kannst sprechen?", fragte David erstaunt. Fernando nickte mit seinem großen Kopf. „Bitte, tu mir nichts", stammelte David verängstigt.

Fernando nahm den Jungen behutsam zwischen zwei Finger, setzte ihn auf seine Handfläche und stand ganz langsam auf. „Warum sollte ich dir etwas tun?", fragte er. „Ich tue nie jemandem weh. Weder einem Menschen noch einem Tier oder einer Pflanze", sagte der Riese und setzte den verängstigten David wieder auf den Boden.

Der Junge fühlte sich furchtbar, weil er sein Gewehr auf den Riesen gerichtet hatte. Er sah, wie freundlich dieser war, und schämte sich für sein Verhalten. „Es tut mir wirklich leid", entschuldigte er sich. „Die Jäger haben gesagt, dass du ein Monster bist", versuchte er Fernando alles zu erklären.

„Aber dass die Jäger nicht die Schlauesten sind, hast du doch schon daran gesehen, dass sie ohne Beute zurückgekommen sind", gab Fernando zurück.

David nickte nur verlegen.

„Warum hörst du dann auf ihr Geschwätz?", fragte Fernando sanft.

Nun erzählte David dem Riesen alles. Wie arm seine Familie war, dass sein Vater nicht mehr arbeiten konnte und was die Jäger zu ihm gesagt hatten. Er kämpfte mit den Tränen, weil er so ein schlechtes Gewissen hatte. Fernando hörte ihm aufmerksam zu, ehe er ihn bis zum Waldrand begleitete. Dort verabschiedeten sie sich voneinander und David versprach, niemandem etwas zu erzählen.

Den ganzen Tag über musste der freundliche Riese an David und dessen Familie denken. Die Bauernfamilie tat ihm leid, weil sie nicht wussten, wovon sie leben sollten.

Aus diesem Grund beschloss er, nachts zum Feld von Davids Vater zu gehen und den Acker zu bestellen. Mit seinen großen Händen grub er die Erde schneller um, als es fünfzig Menschen gemeinsam konnten. Dann zog er mit seinen Fingern tiefe Furchen in den

Boden, sodass nur noch gesät werden musste. Erschöpft ging er in dieser Nacht erst spät zu Bett.

Am nächsten Tag wunderte sich die Bauernfamilie. Sie waren erstaunt, freuten sich aber gleichzeitig, dass die ganze schwere Arbeit über Nacht von jemand anderem erledigt worden war. Sie fragten sich alle, wer ihnen wohl diesen Gefallen getan hatte.

Alle außer David. Der wusste genau, wem sie die erledigte Feldarbeit zu verdanken hatten. Aber er hielt sein Versprechen und erzählte niemandem von Fernando. Stattdessen ging er ihn nach dem Säen besuchen und bedankte sich persönlich.

So wurden der Riese und David enge Freunde. Wenn schwere Arbeit zu verrichten war, half Fernando der Familie in der Nacht, ohne dass jemand davon wusste. Dafür brachte ihm David immer etwas von der Ernte mit.

So ging es viele Jahre lang. Und wenn alles beim Alten ist, dann gräbt Fernando auch heute noch das Feld der Familie um.

Oliver Bruskolini

Der Glückspilz

Es war einmal ein kleiner, schöner Pilz, der mitten im Wald stand. Er hieß Kurt und war ein Fliegenpilz. Oft kamen kleine, junge Elfen vorbeigeflogen und ließen sich auf seinem rot-weißen Hut nieder. Dort saßen sie dann stundenlang mit baumelnden Beinchen, kicherten und lachten miteinander. Dabei sangen sie ihre frechen Elfenliedchen, die der kleine Pilz schon auswendig konnte. Meistens summte er die Melodien mit, er hätte sich auch gerne dazu bewegt, doch das konnte er nicht, weil er am Boden angewachsen war.

Jede Nacht tanzten die Elfen über die Waldlichtung, die der kleine Fliegenpilz von seinem Standort aus gut sehen konnte. Am schönsten war es bei Vollmond, wenn die Mondscheinelfen dort ihre rauschenden Feste feierten. Dann sangen und tanzten sie alle, dass es eine Freude war. Und Kurt, der kleine Fliegenpilz, hätte so gerne mitgemacht. Das war sein größter Wunsch.

Die Elfen liebten es, auf Kurts Dach zu sitzen, denn es war groß und sie hatten viel Platz darauf. Außerdem war er immer so lieb und freundlich zu ihnen, schimpfte nie und summte ihre Elfenliedchen gerne mit. Alle liebten ihn und man konnte sagen, der kleine Fliegenpilz war für sie ein wichtiger Treffpunkt geworden.

Eines Mittags im Mai war Kurt durch einen wärmenden Sonnenstrahl, der durch die Tannen lugte und ihn und seinen Standort hell erleuchtete, eingeschlafen. Dabei träumte er, dass er mit den Elfen im Mondlicht tanzte. Welch wundervoller Traum! Sie tanzten miteinander wie wild im Kreis und sangen Elfenlieder, während die Grillen Geige spielten und die Frösche des nahen Waldteiches dazu im Takt quakten. Ach, war der kleine Fliegenpilz glücklich! Er lächelte im Schlaf äußerst selig vor sich hin. Dazu schnarchte er so laut, dass die anderen Pilze, die in seiner Nähe standen, kicherten und Witzchen machten.

Auf einmal war es ihm, wie wenn sich jemand an ihn lehnte und gegen seinen Hut stupste. „Na du?", hörte er wie von Weitem eine helle Stimme. „Träumst du mal wieder?"

In dem Moment wachte er auf. Vor ihm stand die kleine rothaarige LaLa, die von den Elfen immer am lautesten sang.

„Mensch, Elfchen, musstest du mich wecken? Ich hab gerade so schön geträumt", murrte der kleine Fliegenpilz vor sich hin und schaute die übermütige Elfe verschlafen an.

Am liebsten wäre er sofort wieder zurück in seinen schönen Traum gehüpft. Ja, gehüpft! Denn dort konnte er sich nämlich bewegen, hatte Beinchen und Arme und konnte tanzen. Im Traum war eben alles möglich, nicht wahr?

Mit einem Sprung saß die kleine Elfe auf Kurts Hut und machte es sich dort gemütlich. „Hey, Kurtchen", trällerte sie vom Pilzdach herunter, „was hast du denn so Tolles geträumt? Magst du's mir verraten?"

„Ach, nichts Wichtiges", murmelte der Fliegenpilz verlegen und wurde noch röter, als er eh schon war.

„Ja, ja, ja, das glaub ich dir jetzt sofort", entgegnete die kleine Elfe keck und lachte ihr glockenhelles Lachen.

In diesem Moment konnte das Pilzchen einfach nicht mehr so geheimnisvoll bleiben und es brach aus ihm heraus. Es erzählte LaLa alles. Von seinem wunderschönen Traum und auch von seinem Herzenswunsch, mit den Feen zu tanzen. Erst hatte Kurt Angst gehabt, die Elfe würde ihn auslachen, aber dem war nicht so. Sehr interessiert hörte sie ihm zu und hatte sogar Verständnis für ihn. Oh, wie froh war sie, beweglich zu sein, nie hätte sie in seiner Lage sein wollen. Bewegung war ihr Lebenselixier!

„Weißt du was", sagte sie zu ihm, „du bist so ein Netter und wir mögen dich alle sehr. Ich werde mit den Elfen sprechen. Unsere Elfenabgeordnete hat gute Kontakte zu den Feen und der Feenkönigin. Wer weiß, vielleicht lässt sich da was für dich machen. Versprechen kann ich nichts, jedoch versuchen kann ich es gerne."

Das Pilzchen hatte ein wenig ungläubig zugehört und es konnte so viel Zuneigung kaum fassen, die ihm da anscheinend entgegengebracht wurde. Damit hatte es nun wirklich überhaupt nicht gerechnet, doch es freute sich unbändig darüber.

„Also, bis dann, Kurt, ich komme wieder, sobald alles geklärt ist", trällerte LaLa, erhob sich mit ihren golden schimmernden Flügelchen in die Lüfte und flog in übermütigen Schleifen davon. Wann sie wohl wiederkommen würde und vor allem mit welchen Nachrichten?

So verging der Frühling und der Sommer kam ins Land. Fast jeden Tag dachte der kleine Fliegenpilz an sein Gespräch mit LaLa und er wartete sehnlich auf sie. Ob sie ihn wohl vergessen hatte? Aber das konnte er sich irgendwie nicht vorstellen und in seinem Herzen glaubte er fest daran, dass sein Wunsch doch noch in Erfüllung gehen würde.

Eines Abends im Juli war es dann so weit. Auf einmal flog die kleine Elfe LaLa herbei und setzte sich mit einem Plumps auf Kurts Pilzhut, sodass er ein wenig wackelte.

„Hallöchen, mein Lieber, da bin ich wieder. Sorry, dass ich so lange nicht gekommen bin. Es sieht gut für dich aus, oh ja, lass dich einfach überraschen", lächelte sie und ihre grünen Augen blitzten. Dann war sie auch schon wieder weg.

Verdattert schaute Kurt ihr hinterher. „Aha, so, so", dachte er und musste unwillkürlich lachen. Die kleine Elfe war wirklich ein süßer Sausewind!

Der Abend kam und mit ihm die Nacht. Kaum war Kurt eingeschlafen, wurde es auf einmal ganz hell um ihn herum, wodurch er prompt wieder aufwachte. Verschlafen öffnete er seine Pilzäuglein. Er glaubte schon, immer noch zu träumen, denn vor ihm stand eine große, weiß gekleidete Gestalt mit wallenden, langen blonden Haaren, in die kleine Blüten geflochten waren. Es war eine Waldfee. Gebannt musterte Kurt die ungewohnte Lichtgestalt. Sie hatte große hellblaue Augen, die den kleinen Fliegenpilz liebevoll ansahen.

„Hallo, du Lieber", sagte sie mit sanfter Stimme zu ihm. „Wie ich hörte, hast du einen großen Herzenswunsch. Da du so ein gutes Wesen hast und immer so nett zu allen bist, habe ich darüber nachgedacht. Dein Wunsch, beweglich zu sein, soll dir ab sofort erfüllt sein. Und zwar folgendermaßen: Jeden Abend von 23 Uhr bis zwei Uhr in der Früh kannst du, wenn du möchtest, mit den Elfen über die Waldlichtung tanzen, denn in dieser Zeit hast du Beine und Arme. Danach stehst du wieder an der gleichen Stelle wie jetzt.

Natürlich kannst du auch einfach weiterschlafen und musst deinen Standort nicht verlassen, ganz wie du es wünschst. Das überlasse ich dir", lächelte die Fee mild. „Denke trotzdem immer daran, dass du als Fliegenpilz von der Natur so gewollt bist, denn auch du bist wichtig! Es wäre schade, wenn du nicht mehr hier wärst. Die Elfen lieben dich sehr, und zwar so, wie du bist, Kurt. So wie du bist, bist du gewollt. Denke immer daran, du bist wertvoll! Alles Gute und viel Glück für dich!" Mit diesen Worten verschwand die wunderschöne Feengestalt und es war, als ob sie nie da gewesen wäre.

„Oh", dachte der kleine Fliegenpilz überrascht, „wie schön!" Und dann rief er, so laut er konnte, der Fee hinterher in der Hoffnung, dass sie ihn noch hörte: „Danke, danke von ganzem Herzen!" Vor lauter Freude wäre er am liebsten hochgehüpft. Er war ein echter Glückspilz!

In dieser Nacht verwandelte sich Kurt pünktlich um 23 Uhr in einen Pilz mit Beinen und Armen. Sogleich sprang er hinüber auf die Waldlichtung zu den Elfen, die ihn schon erwarteten und ihn freudig begrüßten. Sie tanzten alle gemeinsam die Elfentänze und sangen aus Herzenslust um die Wette. Sie hatten unheimlich viel Freude miteinander. Pünktlich um zwei Uhr befand sich der kleine Fliegenpilz dann wieder an seinem Standort, ganz wie die Fee es ihm vorausgesagt hatte.

Welch ein schönes Leben Kurt nun hatte! Er war überaus glücklich und freute sich schon auf die kommende Nacht, in der Vollmond war.

So kam es, dass ein kleiner Fliegenpilz mit Herz seinen Herzenswunsch erfüllt bekam.

Und die Moral von der Geschichte: Wenn du Liebe verströmst, dann kommt Liebe zurück.

Daniela Schüppel ist eine Neuautorin. Sie wurde 1959 in Pforzheim/ Baden geboren und wohnt im Kreis Calw. Sie schreibt Geschichten für Kinder, Märchen und Gedichte, besonders Liebesgedichte. Ihre Hobbys sind Malen, Musizieren und Tanzen. Das Schreiben liegt in der Familie der Autorin, Mutter und Großvater sowie weitere nähere Verwandte waren Dichter und Schriftsteller.

Wenn Menschen und Huglins Freunde werden

Es gibt ein Königreich weit weg von hier, in dessen Städten die Menschen leben, während im Wald die Huglins zu Hause sind. Weil die Menschen nicht in die Wälder gehen und die Huglins niemals eine Stadt gesehen haben, wissen sie nichts voneinander.

Kennt ihr Huglins? Kommt mit, ich zeige sie euch.

Dort sind die Brüder Tarak und Torok. Sie sind 1,20 Meter hoch, ihre Haut schimmert olivgrün. Sie haben sechs gleich lange Finger, einen knubbeligen Daumen, eine kugelige Nase, runde Ohren und braune, strubbelige Haare. Aus ihren smaragdgrünen Augen blitzt der Schalk. Sie leben mit ihren Eltern in einem Eichenwald.

Huglins sind gute Kletterer, deshalb wohnen sie in Baumhäusern, die sie aus Zweigen und Blättern in den Baumkronen errichten. Huglins essen die Früchte des Waldes, am liebsten aber Pilze.

Tarak und Torok liegen im hohen Gras und beobachten die vorbeiziehenden Wolken. Als ihre Mutter sie ruft, eilen sie sofort zu ihr.

„Die Taube brachte Nachricht von meiner Schwester. Sie kommt morgen zum Essen", erzählt die Mutter.

„Bringt die Tante Tami und Temi mit?", fragt Tarak und seine Augen blitzen.

„Natürlich kommen ihre Töchter mit. Deshalb brauchen wir viele frische Pilze. Bitte, holt welche."

Gehorsam greifen sich die Brüder zwei Körbe und ziehen los.

„Ich mag Tami", sagt Tarak auf dem Weg.

„Mir gefällt Temi besser", gesteht Torok.

„Dann hat wohl jeder sein Mädchen", frohlockt Tarak.

Torok schlägt seinem Bruder auf die Schulter. „Das wird ein wunderbarer Tag. Wir brauchen besondere Pilze. Lass uns Wiesenchampignons holen. Ich weiß, wo welche wachsen."

„Das weiß ich auch. Aber dort ist es gefährlich. Jederzeit könnte ein Langflügel auftauchen.“

„Was bist du für ein Hasenfuß! Es waren schon lange keine mehr hier.“

„Was ist, wenn sie wieder auftauchen? Weißt du noch, wie so ein Monster Benjo geholt hat?“

„Der war alt und konnte sich nicht wehren“, widerspricht Torok.

„Wie würdest du dich denn wehren? Nichts da. Wir gehen in den Wald“, entscheidet Tarak. Maulend folgt ihm sein Bruder.

„Haben denn heute alle Pilze geholt?“, schimpft Tarak, als sie keine finden.

„Also doch“, frohlockt Torok. „Wir sind im Nu an der Wiese“, schlägt er vor.

„Gut. Aber wir werden vorsichtig und sehr schnell sein müssen.“

Sie erreichen die Lichtung. Hier ist das Gras kurz und es wachsen die leckersten Pilze in Hülle und Fülle. Bei diesem Anblick läuft Torok das Wasser im Mund zusammen. Sie haben die Körbe bereits zur Hälfte gefüllt, als sie ein heiseres Krächzen vernehmen und sich umblicken.

„Nur ein Rabe“, sagt Tarak erleichtert, als er das Tier im Gras sitzen sieht.

Plötzlich flattert der Vogel aufgeregt und schwingt sich in die Lüfte. Da entdecken auch die Huglins einen riesigen Schatten und spüren den gewaltigen Luftzug.

„Lauf!“, schreit Torok und rennt zum Wald.

Doch Tarak starrt wie gebannt auf das fliegende Ungeheuer. Als Torok sieht, dass sein Bruder wie festgewachsen stehen bleibt und der Langflügel bereits seine Krallen nach ihm ausstreckt, hüpft und schreit er wie verrückt. Der Feind schlägt kurz mit den Flügeln, bevor er von Tarak ablässt und sich auf Torok stürzt. Mit seinen messerscharfen Krallen zerschneidet er die karierte Hose des Huglins und schlägt sie in dessen Bein. Torok schreit auf vor Schmerz. Das Monster erhebt sich mühelos mit seiner Beute, fliegt immer höher. Der Räuber ist schnell. Er will zu seinem Nest, das sich auf dem höchsten Berg befindet. Torok sieht Bäume, Wiesen und Bäche winzig klein unter sich.

Plötzlich verändert sich die Landschaft. Der Wald weicht und der Huglinjunge sieht aufragende weiße Türme. Verwundert blickt er auf die steinernen Gebäude unter sich.

Auf dem Wehrgang des Schlosses probiert Prinz Laurentius seinen neuen Bogen aus. Er legt einen Pfeil auf und lässt die Sehne schnellen. „Siehst du, Levinia, wie schnell der Pfeil fliegt?", fragt er seine Schwester, die neben ihm steht.

„Was kannst du damit treffen?"

„Alles."

„Auch einen Langflügel?"

„Natürlich."

„Dann beweis es. Da fliegt einer." Sie deutet mit der Hand zum Himmel.

Blitzschnell schießt Laurentius. Der Vogel versucht auszuweichen, doch der Pfeil streift den Flügel. Das Tier verliert die Kontrolle, trudelt abwärts und Torok fällt. Doch statt auf der Wiese zu landen, stürzt Torok in den Wassergraben.

„Der Vogel hat seine Beute fallen lassen", schreit Levinia und springt die Treppenstufen hinunter. Sie erreicht als Erste die Schlossbrücke, dicht gefolgt von ihrem Bruder. Diener und Soldaten kommen mit Seilen.

Torok kann unter Wasser nicht atmen. Vor Angst strampelt er wie wild mit Armen und Beinen und schafft es an die Oberfläche. Als sein Kopf über Wasser erscheint, schreit die Prinzessin: „Was ist das?"

Die Diener werfen Torok ein Seil zu. Doch er erreicht es nicht und droht unterzugehen. Da springt ein beherzter Soldat in den Graben, greift nach dem Strick und bindet das Ende um Toroks Brust. So wird er herausgezogen und landet auf der Brücke, direkt vor den Füßen der Prinzessin.

„Wer bist du?", fragt Levinia ihn.

Doch bevor Torok antworten kann, wird er ohnmächtig.

„Tragt ihn ins Schloss", befiehlt Levinia.

Toroks Kleider sind zerfetzt, Blut quillt aus seinen Wunden. Sie tragen ihn in eine Kammer und legen ihn ins Bett. Die Prinzessin schickt nach der Heilerin. Die kommt schon bald, betrachtet

Toroks Wunden und wäscht sie aus. Dann geht sie in die Küche und kocht einen Sud aus verschiedenen Kräutern. Sie tränkt damit Tücher und verbindet die Verletzungen. Torok stöhnt und kommt zu sich.

Die Heilerin reicht ihm einen großen Becher. „Trink das.“

Kaum hat er das Gefäß geleert, schläft er ein.

„Wie steht es um ihn?“, fragt Levinia.

„Seine Verletzungen sind schlimm. Aber er ist ein zäher Bursche und wird es überstehen. Ich werde täglich nach ihm sehen.“

Die Prinzessin bedankt sich. Sorgenvoll blickt sie auf das unbekannte Wesen. Sie wacht Tag und Nacht an seinem Bett.

Nach drei Tagen öffnet Torok wieder die Augen und sieht die schlafende Prinzessin. Er hat noch nie ein so schönes Mädchen gesehen. Ihre Haut ist zart. Ihre langen Wimpern verschließen ihre Augen und ihr Haar strahlt golden wie die Sonne. Sanft streichelt er ihre Hand. Sie öffnet die Augen und blickt ihn verwundert an.

„Wie fühlst du dich?“, fragt sie ihn.

„Wunderbar. Wer bist du?“

„Ich bin Prinzessin Levinia. Du bist in unserem Schloss. Wer bist du? Ich habe noch nie jemanden deinesgleichen gesehen.“

„Man nennt mich Torok, ich komme aus dem Wald und bin ein Huglin. Wer seid ihr und wie bin ich hierhergekommen?“

„Wir sind Menschen und leben in Städten.“ Dann erzählt sie Torok, wie er ins Schloss kam.

„Ich war noch nie in einer Stadt“, gibt er abschließend zu.

„Und ich kenne den Wald nicht. Wenn es dir besser geht, zeige ich dir unseren Ort. Und später zeigst du mir den Wald.“ Die Prinzessin lächelt und Torok nickt.

In den nächsten Wochen zeigt die Prinzessin Torok das Schloss, die Gärten und besucht mit ihm die Stadt. Der Huglinjunge kommt aus dem Staunen nicht heraus. Häuser aus Stein. Er kann es nicht glauben, muss alles anfassen.

Der Prinz lehrt ihn, wie man mit Pfeil und Bogen umgeht. Und auch dem König gefällt der junge Huglin. Er will dessen Familie und Freunde kennenlernen. Deshalb schlägt er vor, sie einzuladen und ein großes Fest zu feiern.

Torok soll die Einladung überbringen und dann mit allen aufs Schloss kommen. Die Prinzessin begleitet ihn in den Wald. Torok zeigt ihr die Bäume, Tiere und erklärt ihr die Pflanzen.

Als sie das elterliche Baumhaus erreichen, ist die Freude groß bei Toroks Familie. Sie glaubten den Sohn bereits verloren. Überglücklich schließen sie ihn in die Arme.

Alle Huglins ziehen ihre beste Kleidung an und machen sich auf den Weg zum Schloss. Als Geschenk bringen sie dem König die schönsten Pilze mit. Menschen und Huglins lernen sich kennen, essen und feiern zusammen. Es wird ein rauschendes Fest, das drei Tage dauert.

Ich wünschte, wir könnten dabei sein und mit ihnen schlemmen ...

Sabine Siebert *lebt in Altomünster, ist 53 Jahre alt, verheiratet und Eisenbahnerin. Ihre Hobbys: Lesen, Schreiben, Spazierengehen.*

Die Geschichte von Notre Dame

Es war einmal ein kleiner Drache namens Edward, der war anders als alle anderen Drachen. Er war der erste Drache, der nicht Furcht einflößend aussah und auch nicht Furcht einflößend sein wollte. Er konnte besser fliegen als alle anderen, trotzdem wurde er immer verspottet.

Eines Abends beschloss er, aus dem Drachenland fortzufliegen und sein eigenes Land zu gründen, in dem er alle gutmütigen und hilfsbereiten Tiere und Zauberwesen aufnehmen wollte. Er schlich sich aus dem Haus und flog immer höher und höher in den Himmel empor. Plötzlich hörte er eine zauberhafte Harfenmusik, die ihn magisch anzog. Edward flog und flog immer der magischen Harfenmusik hinterher, als plötzlich ein starkes Gewitter aufkam. Doch er flog immer weiter und weiter, er wollte unbedingt zum Ursprung dieser zauberhaften Melodie gelangen. Mit einem Mal fing es an, zu donnern und zu blitzen, und ehe Edward es sich anders überlegen und umkehren konnte, traf ihn ein Blitz.

Als Edward die Augen wieder öffnete, lag er auf einer sanften Nebelwolke. Die Harfenmusik war jetzt ganz nah. Und die Harfenspielerin war ein Engel. Als diese bemerkte, dass Edward wach war, spielte sie mit ihrer Harfe einen ganz besonderen Ton, der Edward an ein Rufen erinnerte. Aus dem Nichts erschienen nun tausend andere Engel. Sie setzten sich alle auf eine Wolke vor Edward und starrten ihn neugierig an. Die Harfenspielerin und ein weiblicher Engel mit einer Flöte traten nach vorne und musterten den Drachen liebevoll.

„Du bist mutig", bemerkte die Harfenspielerin mit den schönen braunen Augen.

„Ich heiße übrigens Meralda und das ist Tenena", stellte der andere Engel sich und die Harfenspielerin vor.

„Wieso ist er vor dem Drachenvolk geflüchtet?", meldete sich ein anderer Engel zu Wort.

„Die Drachen waren immer böse zu mir und allen anderen. Sie haben mich verspottet und gehänselt, deshalb will ich nichts mit ihnen zu tun haben. Ich werde mein eigenes Dorf gründen, gemeinsam mit jedem hilfsbereiten Wesen. Also habe ich mich gestern fortgeschlichen. Ich folgte der wunderbaren Melodie und geriet in ein Gewitter, plötzlich traf mich ein Blitz. Als ich die Augen aufschlug, fand ich mich bei euch wieder. Und jetzt bin ich eben hier", erklärte Edward.

„Das war sehr mutig von dir. Wir werden dir helfen und dich unterstützen, wo wir können", lobte Tenena ihn.

Meralda reichte ihm eine Tasche. Sie hielt ein kleines silbernes Kästchen hoch und legte es vorsichtig in die Tasche hinein. „Diese wertvolle Salbe geben wir dir mit, sie kann fast alle Wunden und Verwünschungen heilen."

„Dieses Buch weiß über alle Sachen, die wir dir mitgeben, Bescheid. Wenn du Fragen hast, musst du nur *Im Auftrag von Meralda und Tenena, öffne dich!* sagen und schon wird das Buch dir alles über unsere Geschenke erzählen." Tenena legte das Buch in die Tasche und sah Edward tief in die Augen. Dann legte sie schweren Herzens auch noch ihre Harfe aus Diamanten dazu. „Diese Harfe wirst du am besten gebrauchen können. Wenn du darauf spielst, kann sie Wunder bewirken. Sobald du die mittlere Seite spielst, werden wir erscheinen." Mit diesen Worten verschwanden die Engel und Edward blieb nichts anderes übrig, als sich auf den Weg zu machen.

Nach einer Woche des ununterbrochenen Fliegens landete Edward schließlich an dem Ort, den man heutzutage Paris nennt. Da der Drache schwach und müde war, spielte er in seiner Verzweiflung auf Tenenas Harfe. Er stellte sich ein schönes Zuhause mit einem großen Garten und vielen Fenstern vor, von wo aus man in den Himmel schauen konnte, in das viel Licht eindrang und in dem auch Platz für andere Dorfbewohner war. Ein Zuhause, in dem sich jeder wohlfühlte ...

Und dann geschah das Wunder: Ein großer Garten voller Blumen und Bäume erschien. Dann tauchte aus dem Nichts ein großes weißes Gebäude mit vielen Fenstern auf. Unzählige Tiere zogen bei Edward ein. Der Drache gründete ein Dorf und nannte es Tenena. Jeder führte hier ein schönes und glückliches Leben ...

Bis zu jenem Moment: Die Dorfbewohner hatten sich gerade im Garten versammelt, als plötzlich ein ohrenbetäubender Lärm ertönte. Eine riesige Drachenherde kam fauchend und zischend im Sturzflug auf sie zuschossen und umzingelte Edward. Die anderen Dorfbewohner liefen ängstlich weg. Edward rief verzweifelt nach ihnen, vergebens. Die bösen Drachen verwandelten den unsicheren Edward in Stein.

Da kamen die Dorfbewohner zurück, doch ohne eine Waffe waren sie machtlos. Alle wurden zu Stein verwandelt und neben Edward an die Mauer gehängt. In dem schönen Garten pflanzten die Drachen Gift und der weiße Palast wurde zu grauem Stein. Viele Jahre hingen sie dort und starrten vor sich hin. Nur ein paar Krokodilstränen kullerten hin und wieder über den kalten, harten Stein.

Schließlich kam der Tag, auf den die Gefangenen so lange gewartet hatten: Die Engel kamen zurück! Sie schwirrten wie eine Vogelschar über den hellblauen Himmel und besiegten die Drachen.

Die Engel stimmten einen magischen Gesang an, begleitet von der Harfe, und schon wuchsen der Notre Dame große farbige Fenster und der Stein, aus dem die Mauern bestanden, wurde heller. Die Engel befreiten Edward und die anderen Dorfbewohner. Zum Dank für diese Heldentat platzierte Edward gemeißelte Engelsgestalten neben den Drachen, die nun ihrerseits zu Stein geworden waren und die Wände der Notre Dame zierten. Dort sind sie heute immer noch zu sehen.

Die Dorfbewohner und Edward jedoch folgten ihren Rettern dankbar bis zu den Wolken hinauf und lebten dort glücklich und zufrieden.

Danielle Wetz *aus Helmsingen/Luxemburg*

Inhalt

Unser Buchtipp

**M. Schmitt (Hrsg)
Wünsch dich ins
Märchen-Wunderland Band 1
ISBN: 978-3-86196-617-3
Hardcover, 306 Seiten
farbig illustriert**

Es war einmal ein kleines Königreich, das war so winzig klein, dass man sich heute kaum noch daran erinnern kann. Es war auf keiner Landkarte zu finden und nur wenige Menschen hörten überhaupt davon. Manchmal aber, wenn jemand sich etwas ganz Besonderes wünschte, dann wurde ihm die Geschichte vom verzauberten Bach erzählt – und so habe auch ich eines Tages von dem kleinen Königreich erfahren ...

Ein Jahr lang haben Papierfresserchens MTM-Verlag und der Herzsprung-Verlag Märchen im Jahresreigen zu den Bildern von Mahandra Uwe Schmitt gesammelt – die schönsten Märchen finden Sie in dieser Anthologie veröffentlicht. Lassen Sie sich von Elfen und Feen, von Himmelsboten und Meereswesen entführen in eine Welt, in der Herz und Seele zueinanderfinden ...